Presented by
Yuki Hyuga
with
Tsubasa Myohjin

祝宴の夜に抱かれて

CROSS NOVELS

日向唯稀
NOVEL:Yuki Hyuga

明神 翼
ILLUST:Tsubasa Myohjin

CROSS NOVELS

CONTENTS

CROSS NOVELS

CONTENTS

祝宴の夜に抱かれて

Presented by
Yuki Hyuga
with Tsubasa Myohjin

日向唯稀

Illustration明神 翼

CROSS NOVELS

1

新春――一月も折り返した月曜日。

（ふわぁ〜っ、眠い。結局留守の間の手配だなんだで、まともに眠れなかった。なんでこんなことになるかな？　これも世の常、付き合いだってことはわかっているが。面倒くさいな〜っ）

派遣の配膳人として現場に立ったときから〝黒服の麗人〟とあだ名され、翌年には〝花嫁より美しい配膳人〟や〝カップルクラッシャー〟、十年を超えたときには〝神〟や〝美男神〟と呼ばれるようにまでなっていた香山配膳《かやまはいぜん》社長・香山晃《あきら》は、欠伸《あくび》をかみ殺しながら羽田空港の国際線ターミナルにいた。

急な仕事依頼に応じるために、パートナーであり同社専務の中津川啓《なかつがわけい》。

甥の香山響一《きょういち》・響也《きょうや》とそのパートナーである圏崎亨彦《けんざきみちひこ》とアルフレッド・アダムス。

更には、事務所の登録員である飛鳥馬佳久《あすまよしひさ》とそのパートナーの篁恭冴《たかむらきょうご》。

また、アルフレッドが同行させてきたお抱えのフランス人シェフにＳＰ五名らと、午前中の早いうちから移動していたからだ。

「うささん、可愛いね！　すりすりしてくる〜っ」

「ぷっ〜」

しかも、甥の響平《きょうへい》はさておき、なぜか飛鳥馬のペットのウサギ・うさの助《すけ》まで、旅行気分で紛れ込んでいた。このあたりは、これから搭乗するプライベートジェットを手配したアルフレッドの厚意だが、これで総勢十五名と一匹だ。

「本当に、篁だけでなくウサギまで、すみません！」
「そこはアルフレッドから誘ったんだし、気にしなくていいよ！」
「そうそう。それよりこっちこそ、休みを潰しちゃってごめんね。飛鳥馬さんも篁さんも、やっと取れた連休だっただろうに」

平謝りする飛鳥馬に、響也と響一が笑顔で応対する。

登録員である飛鳥馬はともかく、篁は世界チャンピオンのタイトルを持ち、日比谷《ひびや》界隈でも名の知れたホテル・モン・シュマン東京のフレンチレストランに勤務するシェフだ。多忙を極めるだけに、日頃から派遣の飛鳥馬がシフトを合わせていたことは、事務所内でも周知されている。

それをわかっていてシフト管理をしている中津川が、「申し訳ない」と前置きして声をかけたのだから、そのフォローを買って出るのは身内の務めだ！

そう言って響也が「ね！」とアルフレッドに笑顔を向けたところで、結果は決まっている。

溺愛する響也の身内としてならプライベートジェットの手配だけでなく、うさの助が付いてきてもニッコリ笑って「任せて」だ。

どこからかのコネを引っ張り出してきて、検疫をも突破！

ただし、お抱えのシェフや篁が同乗しているのをいいことに、最悪〝食材〟の括《くく》りで了解を取り付けたかも知れないことは、彼と親友・圏崎だけの秘密だ。

さすがにこれは響也にも言えなかったが、一人で墓場まで持っていくこともしないのが、アルフレッド・アダムスという、米国でも名の通った不動産王なのだ。

ちなみに一緒に秘密を抱えることになった圏崎は、アルフレッドと共にベルベットホテルグループを経営する代表取締役社長でもある。

（通りすがりの人の目が痛いな。これだから、浮世離れした奴らと行動すると大変なんだ）

はしゃぐ甥っ子達を横目に、香山は行き交う人々の視線を気にしていた。

その間も、幾度となく欠伸をかみ殺す。

（無駄にイケメンばっかり揃いやがって、その上厳ついＳＰ衆にちびっ子とウサギ付きって、さぞ正体不明な集団だろうな～。まあ、それでもアラブの石油王丸出しのハビブが同行するよりはマシか。仕事を捩《ひね》じ込んできたお詫《わ》びに〝今から迎《うと》えに行くよ〟なんて言われたが、断って正解だ）

とはいえ、周りには敏感だが、自分に疎いのは甥同様なのか、香山は視線の半分が距離を取って佇《たたず》む自分に向いていることには、まったく気づいていなかった。

眠気から今にも閉じてしまいそうな半開きの双眸《そうぼう》を隠すためとはいえ、サングラスを掛けてきたことで、もともと色白なのがいっそう映えて、彼らよりも目立ってしまっている。

一八〇近い長身にスリムな体型、スレンダーな肢体に高い腰の位置。

仕事先に着けばすぐに黒服に着替える上に、プライベートジェットならばラフで構わないだろうとチョイスしてきたのが、白のシャツに黒のジーンズとローブーツ。

そして、年季の入った黒革のライダースジャケットだ。

これならば、私服はさておき、ロングコートで体型までは細かく見られることのないアルフレッド達や、「風邪を引かないように、しっかり着込まないとね！」などと言って、ボリュームのあるダウンコートを羽織ってきた響一達のほうが目立たない。

そこへ持ってきて、麗人やら美男神に喩《たと》えられる生来の美貌だ。サングラスを掛けたぐらいで隠れることはなく、眠さから姿勢を崩して呆けていたところで、セクシーダウンすることもない。

脇に置かれたシルバーのスーツケースにキャリーオンタイプの黒のガーメントバッグまで含めて、メンズ雑誌の特集ページを見ているようだ。年中黒服でいるため、私服の流行には無頓着だが、それでも上から下までメンズブランドとしては高級で名高い〝SOCIAL《ソシアル》〟で固めている。

仕事着同様、シャツ一枚が七万円を下らないオーダーメイドだけに、流行り廃りを物ともしないが、それより何よりひと目を惹《ひ》くのは、やはり香山自身だ。

すでに四十を超えて数年が経つが、未だ三十代半ばにしか見えない肌艶も健在だ。

「何、見とれてるんだよ」

「だってあの人、綺麗でカッコイイ。モデルさんかな？　等身と股下の長さがヤバい」

「これから新婚旅行だぞ！」

「あなただってさっき、ウサギが可愛いって目が釘付けだったじゃない」

「ウサギはいいだろう！　何の問題があるんだよ」

「だったら芸能人だって問題ないでしょう！」

おかげで、「ちょっと電話が入ったから」と言って、中津川がものの数分離れて戻ってきたときには、側を通ったカップルが揉め始めていた。

さすがにこの内容で羽田離婚はないだろうが、偶然会話を耳にした中津川からすれば、

(こうやって披露宴後に成田離婚や羽田離婚になっていたのか。どうりで、仕事をしているだけで、カップルクラッシャーなんて言われるようになったわけだ)

改めて実感してしまう。

それでもここは見て見ない振りだ。中津川は香山達に歩み寄り、声をかける。

「お待たせ。ごめんね」

「ああ」

全身〝ＳＯＣＩＡＬ〟なのは中津川も同じだが、彼のほうはカジュアルスーツに黒のカシミアのロングコートを羽織っていた。香山の隣に立つと肩の位置が五、六センチ高い。

ユニセックスな美貌を持つ香山に対して、端整でインテリジェントな面立ちをした中津川は、十代二十代の頃こそ年より上に見られがちなのを気にしていたが、四十を超えたときには、逆に若く見えるようになっていた。

特に普段は、仕事では流して固めている前髪を下ろしているので、ここでも二、三歳は若返る。

穏やかで誠実な性格が表情や話し方からもにじみ出ており、いい具合に重ねた年齢もあり今では「紳士」と呼ぶに相応《ふさわ》しい存在だ。

「さ、行こうか」

そう言って中津川が、香山が脇へ置いていたスーツケースのハンドルに手を伸ばす。

大きめなそれには、二人分の荷物が入っているようだ。

しかし、香山はそこからガーメントバッグを外して、肩からかけた。見れば響一や響平、飛鳥馬も同じようにガーメントバッグだけはスーツケースに入れずに自身の肩からかけている。

中には仕事着が入っているからだ。

「アルフレッド。啓が戻ってきた」

「はい。では、専用ゲートへ」

そうして香山が声をかけると、アルフレッドが答える。

ここからは彼に先導を任せて、香山と中津川はあとから付いていく。

それぞれが自分の荷物を持ち、またはスーツケースを引いて専用ゲートを通り、手配されたプライベートジェットへ乗り込んでいくことになる。

アルフレッドに言われたのか、今だけはうさの助も篁が背負うペットリュックの中だ。

「電話ってどこから？　ヘルプ？」

一行の最後尾を歩きながら、香山が何気なく問いかける。

「いや、越智《おち》だった」

中津川がちょっと困ったように答える。

「越智さん？　またサービス関係で相談？　ＳＳＰＳプラン《スーパラティブ・サービス・パブリック・スクール計画》？」

越智は観光庁の付属機関に勤める、中津川の大学時代の後輩だ。

最近、国内の一流ホテル事業拡大構想にともない、そのサービス向上に関しての企画チームの責任者になったことから、よく連絡を取ってくるようになった。

中津川も彼を気に入っているのだろう、いつも真摯《しんし》に応対をしている。

だが、それにしては、今日に限って浮かない顔だ。

しかし、それもそのはずで――。

「いや、プラン自体の相談ではない。前回のサービス研修場から倶楽部《くらぶ》貴賓館《きひんかん》東京が除外されたことで、新たなホテルを選出するのに、候補を集っているところなんだが。名乗りを上げてきた施設の中に、俺の父親が現在相談役として籍を置いている〝ホテル華京《かきょう》〟があるらしくて」

「ホテル華京って――、乃木坂《のぎざか》の？」

香山は彼の父親の話題が出たことで、一瞬息を呑んだ。

中津川とよく似た父親の話を聞くのは、久しぶりだ。

中津川には十歳年下の弟・昴《すばる》もいるので、時折話題には出るが、父親からは勘当されていた。

直接連絡を取らなくなってから、すでに二十年は経つ。

きっかけは大学時代に中津川が進路を変えて香山配膳へ入ったこと、そして香山晃と共に人生を歩むと決めたことだ。

そのため、会話こそ続けたが、香山は鼓動が激しくなってきた。自分でもわかるほどだ。

「そう、それ。契約先でもないのに、わかるってさすがだね」

「けど、あれって確か、京物産《みやこぶっさん》グループの会員制施設じゃなかったか？　ようは、社員の保養所兼出張用ホテル――みたいな？」

「最初はね。ただ、バブル崩壊後、そうした福利厚生のための施設を手放す企業は増えてきたからね。ホテルも名前こそ残しているが、十年前には経営者が変わっている。おそらく父親が定年後に天下りをしたのも、のちの経営者と繋がりがあったからじゃないかと思うし。ＳＳＰＳプランに立候補しているあたりで、今も経営状態がパッとしていないのかなって気はするけど」

しかし、中津川が苦笑を強いられていたのは、距離を取ることになった過去を思い出したからではなかった。今現在、元外務省勤めだった父親が就いているポジションへの危惧だ。

（――天下りって言うなよ。それが本当だったとしても、返事に困るって）

「いきなりハードな展開だな」

香山はとりあえず言葉を選んだ。

実際、どういう理由で中津川の父親がホテル華京へ行ったのか、聞いたこともないのに一緒になって悪口を言うようなことはできなかったからだ。

「そんなことはないよ。越智には、もし父親から何か言われても、自分の仕事だけをしろと言ったし。仮に俺に話が来たとしても、関係のないことだ。いや、俺というよりは香山配膳には——、だけどね」

「啓」

だが、そんな香山に対して、中津川は微笑むことはあっても、気を悪くすることはなかった。

最愛のパートナーであっても、すべてに同調しろ、合意しろという考えは、どちらも持っていない。むしろ、一歩引いたところから話を受け止め、全容を見てアドバイスをくれるのは有り難いことで、暴走しがちなときほど心強いストッパーになるとわかっていたからだ。

「ただ、SSPSプランに関しては、一度でも相談に乗って、響也を派遣した事実がある限り、無関係だと言い張るのは難しいよね。俺が父親と他人だと言い張るのと同じぐらいに——」

「まあ、それはそれで、これはこれだよ。そもそも、どこのホテルが研修場になるにしても、実力が備わっているなら、何も問題はない。名乗りを上げるのは自由だし、どこを研修場にするのかを決めるのも、企画を任されている越智さん達の自由だからさ」

「本当にね。だから彼にもそう言っておいた」

「どうりで内容の割には、電話が短かったはずだ」

二人が話を進めるうちに、アルフレッドは受付を済ませていた。

誘導されるまま歩くうちに、プライベートジェットの前までやってくる。

「うわっ！」

急に篁が驚きの声を漏らした。香山と中津川がハッとし、意識を向ける。

「⁉」

「！」

見れば、アルフレッドが手配してくれたのは、プライベートジェットとはいえ短距離用の小型機ではなかった。通常なら定員二百四十～三百三十人程度だろう中型機だ。

「うわ～っ。おっきな飛行機だ！　すっごーい。中も、お家みたーい！」

これを見てはしゃいだのは、響平だけだった。

しかも、いざ搭乗してみれば、機内は空飛ぶペントハウスに改装されている。

前・中・後部で用途を分けられた豪華旅客機は、前方にダブルベッドが置かれたプライベートスペースが四つに、ベッド兼用のシートが二十席。

中間部は通路を挟んで左右にスタッフルームとキッチン。

そして、後方部には搭乗者全員がゆったり寛ぐことのできるリビングダイニングに、シャワールームも完備されている。

プライベートジェットとは聞いていても、ここまでラグジュアリーな機体は想像していなかったので、香山や中津川、飛鳥馬や篁はただただ唖然《あぜん》だ。

「随分張り切ったんだね」

アルフレッドの財力に関しては、一番詳しいだろう圏崎でさえ、戸惑いが隠せないでいる。

「まあね」

「実はハビブが送り込んできた――とかでは？」

伺いを立てるように響一が問う。

聞き耳を立てていた香山は、それもどうかという話だが、しかしまだそのほうが安堵《あんど》できると思ってしまった。

石油王にして、いつの間にかシェールガス事業でも成功を収めていたハビブ――アフマド・ハビブ・ムスタファー・ジャバード・マフムード・マンスールは、思い付きで潜水艦を購入してしまうようなアラブの大富豪だ。それに比べれば、まだ中型旅客機なら――と考えてしまったところで、香山も自分の安堵できる基準がおかしくなっていることに気づいて、苦笑が浮かぶ。

「――ないよ。あ、ただし個人所有なんて不経済なものでもないから、そこは安心して。共同オーナークラブの会員になっているだけだから」

するると、さすがに個人で買ったものではないことは、アルフレッド本人が説明してくれた。

「何せ、こう見えて響也はしっかりしてるんだ。年に何度も乗るわけじゃないんだからって、説得されたからね」

ただし、響也に止められて、この形で収まったところまで説明されると、これはこれで香山は複雑な気持ちになった。

「当たり前だよ。同じ成功でも、石油やガスと違って、不動産やホテル事業のほうが波風激しいんだから！　それに今回は響平やうさの助がいるから〝ありがとう〟って言ったけど、大人だけならビジネスクラスでも十分だからね！」

一回りも年上のパートナー、その財布の紐をしっかり締めている弱冠二十歳の甥の存在が、頼もしいやら、末恐ろしいやら――。

香山は中津川に視線を送ると、やはり苦笑を浮かべ続けてしまった。

そしてこれには中津川も同様だったらしく、

「まいったね」

困ったように返してくると、改めて機内を見渡していた。

2

午前十時に羽田を離陸したプライベートジェットは、一路ドバイ国際空港へ向かっていた。

移動距離は７８８９キロメートル、移動時間は乗り継ぎや給油なしの直行で、十時間四十五分を予定したフライトになる。

「そうしたらお言葉に甘えて、ベッドルームの四部屋は、前方から叔父貴達と飛鳥馬さん達。その後ろに俺達と響也達ってことでいい？　確かにSPさん達やシェフさんにどうぞって言っても、ダブルベッドに二人よりは、個々にベッドシートのほうがプライバシー的には守られそうだもんね」

搭乗後、席決めならぬ部屋決めは響一が仕切ってすぐに決まった。

「え〜。いっそSPさん達にも、くじ引きで二人組を作って、ダブルベッドに寝てもらうのも楽しそうじゃない？　別に俺はリビングのソファで寝てもいいし」

「響也様！　それはどうかお許しを！」

「そうですよ。我々は床でも椅子でも眠れますが、同業者を横にしたらそれが仲間とわかっていても殺気だって眠れません」

「背中を取られたら終わりだと身体に染みついている者同士ですよ。どうかご理解ください！」

「え～っ。そういう理由なの？　ときめいたら困るとか、照れちゃうとかじゃなく？」

「響也！　それぐらいにして、大人しくアルフレッドと荷物を置いてきな」

「は～い」

途中で響也がふざけたことを言って、ＳＰ達を蒼白にする場面もあったが、そこは響一が一喝。四組のカップルは寝室へ移動すると、ひとまずコートを脱いで荷物を落ち着け、あとはランチタイムも近いし、リビングダイニングで合流しようとなった。

ここでシェフは早速キッチンへ。

また、篁が「すぐに行きますので、俺にも手伝わせてください」と言ったために、「なら、俺も！」と、飛鳥馬もランチ作りに参加を宣言。

そんな中で、再びうさの助を抱えていた響平は、

「それで響平は、誰と寝たい？」

「時間的には昼寝程度になるけど、どの部屋がいい？」

などと兄達に聞かれて、最初は「え～。どうしようかな～」と、一丁前に悩んでいた。

しかし、寝床となるシート席は余っており、リビングダイニングに置かれたソファもベッド代わりになる。

園児には、どれも魅力的に見えたようで、結局「全部で寝てみる！」と、張り切った。

とはいえ、響平の荷物やお気に入りのタオルは香山達のところに置かれているので、最終的にはそこで寝落ちだろう。

もしくは、すっかり気に入ってしまったうさの助を抱えて、飼い主たる飛鳥馬達のところだ。

本人達もそれを予想してか、荷物を片付けつつも、ベッドメークに余念がない。

さすがに気が早いだろう――と、みんなで笑ってしまったほどだ。

急な仕事での出国となったが、幸先はよさそうだ。

身内ならまだしも、登録員にまで無理を言った自覚のある香山や中津川は、楽しそうにキッチンへ向かう飛鳥馬達を見ると、心から安堵する。

「すごいな。機内にいながら、ベッドとは。横になったら直ぐにでも寝れそうだな」

そうして、目隠し程度の仕切りではあるが、プライバシーが守られたスペースへ入ると、香山はジャケットとブーツ、そして靴下を脱いだ。

スリッパに履き替えて、ひとまずベッドへ腰を下ろして寛ぐ。

窓の外には青空と白い雲だけが広がっており、なんだか不思議な気分だ。

響也の言葉ではないが、本来ならビジネスクラスでも十分だし、ファーストクラスを用意されても諸手を挙げて喜びそうなのに、腰掛けているのはダブルベッドだ。

嬉しいを通り越して、思い出したように眠気が襲ってくる。

「無理しないで一度寝たら？　昨夜はまともに寝てないし。それに、向こうに着いたら直ぐに仕事だろう」

香山が横になろうかどうか迷っている間も、中津川は備え付けのクローゼットに荷物一式と脱いだコートや靴を仕舞い、折りたたまれていたガーメントバッグも開いて吊るした。

さも当然のように二人分を――だ。

「それはそうなんだけど」

「せっかく一緒だし、可愛い甥っ子達とはしゃぎたいのはわかるけどね。でも、それなら向こうでも、帰りの機内でもできるだろう」

しかも、片付け終えると、今度は香山を寝かしつけにかかる。

何せ、普段の派遣仕事ならば、その場を仕切るのは現役登録員のトップに立つ響一だ。

だが、これから向かうホテル・倶楽部貴賓館ドバイで請け負った、貴賓館のＶＩＰオーナーズのパーティーを仕切るのは香山になる。

ここは本人がベストな仕事をするためにも、できるだけ寝かせて、休ませたかったのだろう。

香山も中津川の言わんとすることはわかるので、腰をかけていた姿勢から、上体だけをパタリと横にする。

「まあな～。でも、眠いのと同じぐらい腹も減ってるんだよ」

直にランチタイムだ。朝も慌ただしかったので、コーヒーだけで済ませてしまった香山は、ここで今日の一食目を摂りたかった。

せっかくアルフレッドがシェフを同行させてくれた上に、世界チャンピオンの篁までが加わり準備を始めたのだ。

いったいどんなスペシャルランチが――と考えただけで、眠気と食い気が葛藤する。

「なら、何か軽い物でも用意してくるから。とにかく今は、少しでも横になっておいて。それだけでも身体が休まるから」

しかし、ここで中津川が自らキッチンへ向かうと告げてきた。

手の甲で香山の頬を撫《な》で上げてから、今度は掌で両瞼を撫でてくる。

そして、こめかみに唇が落とされて、軽くキス――。

こうなると香山は「わかった」としか言えない。

(――そこまでするか？　あ、俺を寝かせて、啓も横になりたいのか)

昨夜からの状況を振り返るなら、中津川も仮眠を取った程度で香山と大差がなかった。

香山は私服のままだがスリッパを脱ぐと、一度身体を起こしてベッドの中へ潜り込む。

ひとまず瞼を閉じてみせた。

すると、その様子に中津川がクスリと笑って、髪を撫でてくる。

すでに人生の半分以上を支え、また癒やしてくれた彼からの愛撫だ。

香山には逆らう術《すべ》などない。

「じゃあ、待っててね」

そして、この場から離れると、中津川は機体中央部にあるキッチンへ向かう。

ちょっとしたビジネスホテルの一室のような空間に、香山だけが残された。

(だいたいこういうときはささっと作れて、胃に負担のかからないおじやとか雑炊のパターンが多いんだけど、ご飯なんかあるのか？　あ、レンチンのパックぐらいは積んでるか。そもそもシェフを同乗させているくらいだし、アルフレッドなら響也の好物だけは、たんまりと用意しているだろうしな。

そうしたら食材だけは、なんでもあるはずだ）

香山は潜り込んだ高級寝具の誘惑に眠気が増すも、中津川が何を作ってくるのかを想像しながら瞼を開いた。

窓から見える空が青く、雲はどこまでも白い。言われるまま横になったのは正解だ。

（これだけでも身体が楽だ）

そう感じるということは、かなり疲労も溜まっていたのだろう。

しかし、こうして落ち着くと、香山には眠気や食い気さえも後回しになるほど、気になることがあった。

（――それにしても、啓の父親がホテル華京に天下りか。いや、実際現役時代はバリバリに仕事ができる人だったと聞いているし、引く手あまたで招かれたとも考えられる。それこそ本当に実力があれば、ごり押しなんてしなくても、官僚時代の手腕を活かしてほしいと願う民間企業はいくらでもあるだろうからな）

香山は先ほどの話を思い出したのだ。

（ただ、それとは別に、企業側が伝手《つて》やコネを当てにしている部分があるのは否めない。それだけの肩書きを持っている相手を招いて、相応の年収を払うんだ。そうなると、越智さんはやりにくいだろうな。自分が啓の後輩だってことを抜きにしても、上司や先輩には親父さんの後輩がいるだろうし。かといって、つい先日癒着《ゆちゃく》が露呈し、いったんリセットされたのに。また癒着かとなったら、お前らには学習能力がないのかって話になる）

限りなく続く空を見ながら、考える。

どこの世界や業界にも、自然と縦や横の繋がりはできてくるものだ。

特に結束の強い組織には、よくも悪くも縦社会の影響が根強い。

越智は、そうした大学の出で、しかも公務員だ。

それもあり、つい先日も彼から相談を受けた中津川が、試しで立ち上げられた最上級のサービスを学ぶ職業訓練大学——スーパラティブ・サービス・パブリック・スクール——通称ＳＳＰＳへ、響也を講師として短期派遣したばかりだ。

そして、その学び舎となったのが、これから向かうホテル、倶楽部貴賓館ドバイの系列で、貴賓館東京所有の豪華客船マリンヴィラ号。

あえて客船が選ばれたのは、ゆくゆく展開する構想のあるホテルシップ——停泊中の客船をホテルとして利用する——を念頭に置いてのこと。

国を挙げたイベントごとの際、短期の集客にも対応できる乗船スタッフを同時に育てておこうという目的も掲げられていたためだ。

しかし、いざ響也が出向いてみれば、貴賓館東京の社員達は、そもそも実力不足で話にならない。

講師以前に、サービス精神も技術も足りない。

だが、これに関しては、貴賓館の成り立ちに原因がある。

もともとは、世話役を付けて旅をするようなセレブ——ＶＩＰオーナーと呼ばれる出資者達が集まり、道楽で作った会員制のリゾート施設であり、大型の共同別荘だ。

建物や設備に贅は尽くしても、施設の管理人として雇った委託会社の社員達に、最高のサービスなど求めてはいなかった。

しかも、すべてに対して余裕がありすぎるのか、一部の会員達は、不慣れな社員達を自ら指導し、育てることを楽しみのひとつとしてしまった。

そして、その一部の楽しみが、その後に施設利用者としてのみ会員になった者達にまで伝わってしまったがために、貴賓館では「客たる会員が社員を育てる」ことが、常習化してしまったのだ。それも世界の主要都市にあるだろう施設のすべてでだ。

これを知ったときには、響也だけではなく、香山達も唖然としたものだ。

また、こうしたオーナーから委託を受けてホテル運営をしていた会社だけに、貴賓館東京でも配膳事務所とは契約をしたことがなかった。

それどころか、同業他社との関わりも皆無に近かったがために、派遣されてきた響也の実力も知らずに見た目でアルバイトと判断。講師派遣も事務所側の手違いと決めつけ、その上で「温情で生徒として受け入れましょう」という、無礼なことまで上から目線で言ってくれた。

香山は、激怒した響也からこれらの事実を聞かされたときほど、現状で満足してしまうことの怖さを実感したことはない。

それでも響也は、これらを踏まえた上で、越智から新たに内部捜査を依頼されたので、教習生の一人として研修期間を過ごした。

終始開いた口が塞がらない状態が続いたが、仕事だけはきっちりとこなして、最後は教習生から社員達にまで「サービスのなんたるかを教わった」と、感謝をされたほどだ。

ただ、その一方で――。

どうしてこんなサービスしか提供できないホテルが、公費で動いているだろうＳＳＰＳプランの研修先に、そして社員が講師に選ばれたのか？　という、疑問が湧いた。

いくらホテルシップ研修に都合のよいマリンヴィラ号を所有していたからといっても、あまりにお粗末だったからだ。

しかし、その答えは研修が終わると同時に明らかになる。

響也を心配したアルフレッドが、貴賓館のＶＩＰオーナーだったハビブに相談。

研修接客前提で集められた客の一人として乗船させてもらえるようにした上で、響也と研修を見守りつつも、船の中と外からＳＳＰＳプランに関わる人間達を徹底捜査してくれたからだ。

その結果、ホテル側のオーナーの一部と、越智の上司を始めとする関係省庁の人間との間に、賄賂《わいろ》が流れていたことが判明した。

オーナー達が所有の会員権の価値を上げるために、ＳＳＰＳプランの研修場という実績を求めて買収したのだ。

当然、そこからの処分は早く、癒着に関与していたオーナー達は会員資格を剝奪《はくだつ》となり、役人たちには一斉に処分が言い渡された。

そうして、このことがきっかけで、倶楽部貴賓館では、今後のサービス体制を見直すことになり、急遽《きゅうきょ》経営権を持つ会員ランク――ＶＩＰオーナーたちがドバイに集結することになった。

まずは手本となるサービスを実際目にした上で、会議をしようとなったために、香山配膳に声がかかったのだ。

また、ＳＳＰＳプランのほうも、一度リセット。新たに越智が企画チームの責任者に抜擢されたことで、再スタートを切ることになった。

そこで、研修先となるホテルを決めるために、募集をかけたのだろうが——。

応募してきたホテルのひとつに、中津川の父親が籍を置くホテル華京があったということだ。

（——ぶっちゃけ、応募ホテルなんて社外秘だろうに。わざわざ啓に知らせてきたということは、越智さん自身も多少の面識があるんだろうな。それが同学の先輩の父親としてなのか、職場絡みでのことなのかは、聞いてみないことにはわからないが）

香山は視界に青空を映しながら、脳内では話を整理し、関係図を描いていた。

（とはいえ……。一度はＳＳＰＳプランに関与したが、そもそもうちは配膳派遣の事務所だ。そこの専務と一部のホテルの相談役が親子だという事実があっても、口をきけるような立場にはない。仮に、そうした立場が回って来たとしても、啓は香山配膳の専務だ。研修先として最もふさわしいホテルの候補を挙げてほしいと言われたら、今現在現場に出ている登録員達から意見を募るだろう。それこそ響一や響也、俺達現場を熟知する者達に——）

しかし、何をどうしたところで、香山配膳と中津川の立場や考えは不動だ。

サービスに関わることで、どこかへ忖度《そんたく》をするつもりはないし、嘘や世辞も言わない。

それは公私のいずれでも同じことだ。

先ほど香山が中津川にも言ったとおり、最終的にどこのホテルが研修場所になろうが、そこに正しいサービス精神と技術があればなんら問題はない。

ホテル華京であっても、別のホテルであっても、よき学び舎となれればそれでいいだけだ。

公費という自分達が納めている税金の一部が使われるのだから——。

「……」

そんなことを考えているうちに、香山は今一度瞼を閉じた。

中津川が戻ってくれれば起こしてくれるだろう――という気持ちもあったが、やはり寝心地のよい寝具と睡魔には敵わなかったのだった。

＊＊＊

一方、荷物を置いたところで、リビングダイニングへ移動していた響一達は――。

「ドバイ！　ドバイ！」

「どばいっ！　どばいっ！」

「ぷっぷぷ～っ」

広々とした後方のリビングソファの一角で、響也と響平がうさの助を挟んで、何やら盛り上がっていた。

響也自身は初めて行くドバイに仕事も忘れて浮かれているだけだが、響平とうさの助は、みんなで一緒にお出かけというだけで喜べる。それがこんなラグジュアリー機での旅行となったら、ふかふかのソファで弾んでいるだけでも楽しくなれるのだろう。

しかし、これをダイニング寄りのソファに腰を掛けて見ていた響一は、複雑な気持ちになる。

「園児とシンクロしてる二十歳ってどうなんだろう」

「それを言うなら、二十歳に園児がシンクロしてるんじゃない？」

「いやいや。そこまで言うなら、ウサギにも突っ込みを入れてよ、亨彦さん。飛鳥馬さんのうさの助くん。人懐こくて、すっかり響平に懐いてるのはいいけど、ノリがよすぎだって」

響也の浮かれっぷりもさることながら、元が野生のウサギのようにしか見えないうさの助が、訓練された犬並みに同調しているのだ。一瞬、中の人の存在を疑いたくなるレベルだ。

ただ、そんな響一に対して、圏崎は笑うだけ。

「確かにね――。だそうだよ、アルフレッド」

一緒にいたアルフレッドにいたっては、そもそも話さえ聞いていなかった。

何やらずっとスマートフォンを弄《いじ》っている。

「アルフレッド？　早急の仕事でも入った？」

こうしたときには、大概仕事関係だろうと思ってしまうのは、もはや習慣だ。

圏崎が今一度、声をかける。

「あ、ごめんごめん。響也がそんなにドバイが好きだとは知らなかったから、いい物件がないか探していたんだ。こんなことなら、ブルジュ・ハリファの部屋が出たときに、押さえておくんだったよ。五億も出せば、中堅クラスの部屋が買えたのに」

だが、そう言って顔を上げたアルフレッドからは、予想もしていなかった答えが返される。

これには響一のほうがビックリだ。

「――え!?　物件を探すって。まさか、響也がノリノリだからって、ドバイに別荘でも買うつもり？

ブルジュ・ハリファって、世界で一番高い建物だよね？」

「これでも実家は不動産業での成り上がりだからね。普段は貸し別荘にしてしまえばいいし――、あ。このペントハウスなんかいいね。七十七階だけど、それでもダウンタウンのスカイラインを一望できる」

アルフレッドから見せられたスマートフォンの画面には、確かにドバイのダウンタウンが一望できる部屋の画像があった。

しかし、響一が目を見開いたのは、日本円で換算されていた価格のほうだ。

「約九億二千万円って、税込み？」

——そこじゃないだろう！

響一も自分で聞いていて突っ込みたかったが、これしか言葉が出てこなかった。

「多分、税抜きだね」

聞かれた圏崎もそれがわかっているのか、微苦笑を浮かべつつも答えてくれる。

「郊外のヴィラやテラスハウスなら二億くらいからある。けど、貸し出すことを前提にしたら、ダウンタウンにあるほうがいい。あ、パーム・ジュメイラ、人工島も悪くない。けど、さすがは人気物件ばかりだ。出ているのが、十億から十七億か——」

そんな二人を余所《よそ》に、アルフレッドは尚も物件を物色中だ。

気になるものをいくつかチョイスし、リンクを貼り付けたメールを自分の部下に送っている。

だが、響一からすれば、どんどん聞き馴染みのない価格帯が出てくるものだから、とうとう溜め息が漏れた。

「細胞の話？　乳酸菌？　もう、お金の話とは思えないんだけど」

「確かにね」

さすがに聞き流せる価格でもないので、圏崎の顔からも笑みが消える。

――と、ここで響一がハッとした。

「あ、でも。それならハビブに頼んで、別荘にお世話になったほうがよくない？　いや、貴賓館ドバイに泊まればいいだけだよね？　あれからアルフレッドもＶＩＰオーナーになったんでしょう？　それこそいくら払って会員になったのかは、怖くて聞けないけど。それって、世界中にある貴賓館に、いつでも宿泊できる権利でしょう？」

これこそが、灯台もと暗しだ。「名案でしょう！」と、ばかりに提案をする。

「ああ。ハビブの会員権を借りていた分際で、サービスにケチを付けるのもなんだと思ってね。でも、いずれにしても遊びに行くだけならいいけど、商売には繋がらないから」

するとアルフレッドは、いったんスマートフォンの画面を閉じた。

羽織っていたジャケットの内ポケットへ、スッとしまう。

「え？　そっちがメインなの？」

「まあ、半々かな」

「半々か。それなら乳酸菌かって桁を聞いても、少しは穏やかでいられるかも」

嘘も方便とはよく言ったものだった。

アルフレッドは笑って答えていたが、その表情から響一は、

（やっぱり、響也のためじゃないか！）

そう、確信した。同時に、とあることを思い出す。

（うっかりしてた。そういえば、アルフレッドは響也を口説き落とす前から、将来的に一緒に住むのを夢見て建設中のタワーマンションを買収するような人だった。前に酔った勢いで、吐露したんだっ

た）

それは六本木の三十五階建て、一部屋ではなく一棟の話だった。

彼が当時片思いしていた響也に告白した際、万が一振られても、実家の不動産業の一端で経営管理しているのだと言えるように、わざと会社名義で一棟にしたのだ。

ただ、響一も一緒に住まわせてもらっている圏崎のマンションも、そのうちの一部屋を破格値で分譲してもらったらしいので、これはかりはなんとも言えないが――。

さすがにあれに比べたら、ドバイでもまだ一室なら可愛い買い物なのかもしれないと思い、響一はご機嫌な響也を改めて見てしまう。

今更だが、我が弟はいろいろな意味ですごい男を魅了したものだと、笑顔が固まりそうになる。

普通に考えれば、圏崎だってそうとうすごいのに――。

しかし、金銭感覚が一般寄りな分、まだ急な買い物の話をされても、安心できる。

たとえアルフレッドと一緒になって、ホテルの買収をすることがあっても、決して個人ではやらかさないからだ。

「けど、響也には仕事で通してね。実際に買ったところで、結局二人とも仕事仕事で、年に一度も来るかどうか怪しいんだから」

「了解しました」

アルフレッドのお願いに快く答えながら、響一は（だったら止めとけばいいのに～）とは思ったが、そこはあえて口にしなかった。

きっかけはどうあれ、本当に買うことがあったら、彼は仕事に活かして元は取るタイプだ。

響也のために買ったところで、その時点で本人的には満足できているのだろうし。

よくよく思い出せば、六本木のマンションでも、きっちり元を取るどころか、利益を出したことも聞いていたからだ。

「それで、香山社長達は？」

話が落ち着いたところで、アルフレッドが改めてリビングダイニングを見渡した。

自分達しかいないことに、ようやく気づいて首を傾げる。

「出発する直前まで何かしらの仕事をしていたみたいで、着いてもすぐに仕事だろうから、今のうちにゆっくり休んでるんじゃないかな？」

「あ、専務が出てきたよ」

響一が考えられそうなことを口にしたところで、圏崎が前方から歩いてきた中津川の姿を見つけた。

しかし、中津川はこちらへ来ることはなく、その足でキッチンへ入っていく。

「――キッチン？　あ、出てきた」

かと思えば、すぐにソテーパンと何かしらの材料を手に、ダイニングに設置されたカウンターバーの中へ入っていく。

どうやらそこで何かを作るらしい。バーカウンター内にも、ちょっとした調理ができる程度のＩＨコンロとミニシンクが備わっている。

ここまでの状況を見れば、響一には中津川の行動に見当がついた。

「多分、叔父貴が眠い、けどお腹空いた～とか、言ったんじゃないかな？　ランチまで、まだ間があるし。先に軽く食べさせて、寝かせちゃおう――みたいな」

香山が朝から眠そうにしていたのも見ていたので、この予想で十中八九当たっているだろうと思った。

「それならシェフに言ってくれたらいいのに。そのために連れて来たんだから」

「そこは専務が自ら買って出たんだと思う。何だかんだで、叔父貴は専務に胃袋を摑まれているのを知ってるから」

「――ん？　専務が摑まれてるほうじゃなく？」

ただ、何の気なしに響一が話をすると、圏崎がアルフレッドと顔を見合わせながら、聞き直してきた。

自然と声のトーンが下がる。

「うん。だって、叔父貴は運ぶか食べるかのどっちかだから」

響一も釣られて声のトーンを落としたが、それでもさらっと答える。

「え⁉」

「あ、もちろん。必要とあらば、プレゼンテーションでドレッシングやハーブソルト、シーズニングスパイスなんかの調合はするよ。マヨネーズ切らした～なんて言ったら、すぐに作ってくれるし。それもめちゃくちゃ美味しいの」

思いのほか驚かれてしまったので、響一は補足を加えた。

一応、現場に出たときの香山の名誉だけは、守らねばと考えたからだ。

とはいえ――。

「けど、キッチンに立って料理する習慣みたいなのは欠落してるかな？　もともと仕事柄、自宅で食べるのは一食程度？　大体派遣先の食堂で済ませちゃうし、休日は人任せ。なんていうか、家にいたときは家族が、家を出てからは専務が全部やってくれているから、カップラーメンにお湯も入れないどころか、自分ではお湯自体も沸かしたことがないかも？　あ、さすがに電気ポットに水くらいは足すかもだけど。俺は見たことがない」

「――」

「……」

響一が生まれたときから見てきた香山の様子を話すと、圏崎もアルフレッドも言葉を失っていた。が、ここで話を区切るのもなんだし――と、響一は尚も話し続ける。

「ちなみに事務所にいるときだって、みんなにコーヒーくらいは注いでくれるけど、サーバーにセットしてるのは事務員さんか専務だし。――って、俺！　今になって、すごいことに気づいてる？　叔父貴、配膳やサービスは神だけど、家事能力はゼロかもしれない？」

そうして響一も、どうして二人が絶句したまま聞き続けていたのかに、ようやく気がついた。

「あ、でもさすがに掃除や洗濯は……、いや、家電とクリーニングが大半で、仕上げは全部専務だ。なんか前に〝現役で現場に出ている晃には、荒れた手でサービスしてほしくないからね〟って言って、笑ってた気がする！　〝そのほうがお客様だって嬉しいはずだから〟って」

取り繕えば取り繕うほど、響一も自分が何を言っているのか、よくわからなくなってきた。

ただ、叔父である香山を悪く言いたかったわけではない。

実際、家では何もしない香山を見ていたときでも、それが悪いことだと思ったこともなかった。

それほど香山は現場では完璧な仕事を響一に見せてきたし、何より中津川がそうした香山の世話をし、日々支えていることに、常に満足をしていた姿も見てきたからだ。

しかし、圏崎やアルフレッドからすると、もはや香山がどうこうという話ではないようで――。

「圏崎。私達は、何を聞かされているんだ？」

「昔で言うところの〝妻の手を見れば夫の甲斐性がわかる〟ってことだと思うが」

「ようは、私達は甲斐性無しってことか？」

二人は、今の今まで想像もしたことがなかったが、ここまで中津川が香山に献身的だとは思っていなかった。

香山配膳という会社を事実上経営し、また全登録員のスケジュールを把握、管理をしている多忙な彼が、まさかプライベートに戻っても香山の世話をしているとは思わない。

ここは香山が、実は家では何もしない男だったと知る以上に、中津川がこんなになんでもする男だったと知ったことのほうが、衝撃が大きかったのだ。

「え――。亨彦さんやアルフレッドに甲斐性がなかったら、この世に甲斐性ってもの自体が存在しなくなっちゃうよ。それに、俺や響也は手荒れには縁遠いタイプだし。叔父貴はもともと肌が弱いんだよ。うん、きっと」

こうなると、取って付けたようなことを香山と瓜二つの響一に言われても困るだけだ。

なので、圏崎とアルフレッドは目配せをし合うと、

「そうだね。そういうことにしておこう。それに、実際の話。彼はあれだけ働いているわけだし、家事まで万能じゃなくても問題はない」

「うん。特に好きでもなく、必要に駆られていない生活でここまで来たってことだろうし。でも、プレゼンとはいえ、調味料が美味しく合わせられるなら、専務がやらせないだけで、できないタイプで

はないだろうしね」

阿吽《あうん》の呼吸で話を香山に戻した。

とはいえ、視線だけはカウンターバー内で料理をしている中津川に向けられる。

響一も釣られたように見る。

すると、キッチンから出てきたフランス人シェフが、中津川の手元を見ながら話し始めた。

「黄金色。カニと玉子のリゾット……とは、違いますよね？　雑炊というやつですか？」

「これは雑炊ではなく〝おじや〟ですね」

響一達のように、コソコソと話すこともしないので、会話が耳に届いてくる。

中津川は説明をしがてら、興味津々に話しかけてきたシェフへ、小皿にティースプーンを添えて差し出した。

そして、味見分を取り分けたあとは、ソテーパンから残りを別皿に盛り付けているのだろう。

響一達に手元が見えるわけではないが、このあたりは状況で想像が付く。

「おじや？　――おおっ！　昆布出汁《だし》とカニの風味がご飯に染みこんでいて、とても美味しいです。

しかし、以前和食処で雑炊を食べたことがあるのですが、何が違うのですか？」

「雑炊は炊いたご飯を水で洗い、表面のぬめりを取ってから出汁や具を入れて煮込むので、仕上がりがさらっとします。そして、おじやはそのままのご飯を出汁と具材を加えて煮ます。どの程度煮込むかは好みですが、こんな感じでとろりと仕上がります。ただ、どれが一番リゾットに近いかと言えば、米から炊くお粥《かゆ》かなとは思いますが」

雑談を交えながらも手を動かし、中津川はシェフがハッとしたときには、使い終えたソテーパンや小皿なども洗い終えていた。

「すみません！　私としたことが。これでは何をしに出てきたのかわからない」

「そこは、お構いなく。そもそも片付けるほうが本職ですから」

「それは――、参りました」

「いえいえ。あ、材料と道具を、ありがとうございました」

そうして笑ってシェフに会釈をすると、中津川は、出来上がったばかりのおじやを盛ったパスタ皿とスプーンを手に、香山のもとへ戻っていった。

するとと、いつから見ていたのか、響也とうさの助を抱えた響平が中津川のあとをそそくさと追っていく。

「あ……」

これに釣られて、更に響一達もあとを追う。

「――晃？」

そうして前方のベッドルームまでゾロゾロ歩いていくと、仕切りの中から香山の名を呼ぶ中津川の声が聞こえた。

特に壁や扉があるわけでもないためか、響平などベッド脇まで入り込んでいる。

「ん？　どうかした、響平くん？」

「啓くん。晃ちゃん、起きない？　それ、食べない？」

どうやら香山は、食事が来るのを待てずに、眠ってしまったようだ。

それを見た響平が、中津川が作ったおじやを強請《ねだ》っている。

「ん？　あ、食べる？　いいよ。でも、もう少し待ったら、シェフや篁さんが腕を振るってくれている、ランチの時間になると思うんだけど――」

　すると、返事をしながら中津川がベッド際から離れた。

「へーき。響ちゃん、響也にーちゃんといっぱい食べるから」

「――ああ、首謀者がいたわけか」

　中津川が出てくると、まずは響平にお強請りを嗾《けしか》けただろう響也が、「へへっ」と笑う。

　だが、その後ろで聞き耳を立てていた響一は、笑うに笑えず、軽く会釈をしてから逃げるようにリビングへ戻った。

　圏崎とアルフレッドにいたっては、響平が強請り始めたところで察したのか、先にリビングダイニングへ戻っており、何食わぬ顔で中津川達を出迎えていた。

「「「いただきまーす！」」」

　パスタ皿に盛り付けられたおじやを囲んで、ダイニングテーブルへ着いたのは、響一、響也、響平の三人だった。

　今回ばかりは、響一も味見がしたい誘惑には勝てなかったらしい。

　三人でスプーンを持つと、響平から順に掬《すく》って口へ運び始める。

　圏崎とアルフレッドはこれを見守り、うさの助は今だけは中津川に抱えられていた。

「離乳食から三つ星シェフのお父さんに鍛えられた響一くん達の舌に、合うかかな？」

などと話しているうちにも、一口頬張った三人からは、驚きと喜びの笑みが浮かぶ。

「啓くんのご飯、おいしーっ！」

「美味しい。なんか、懐かしい味だね。響也」

「うん！　そういえば俺達、事務所でコーヒーを淹れてもらうことはあっても、専務に何か作ってもらうのって、そうとう久しぶりだもんね。本当、美味しくて懐かしい味だよね」

満足そうな三人を見て、中津川が微笑む。

「よかった。そういえば、小さい頃は泊まりに来ていたけど、ここ十年ぐらいは、そういうこともなくなっていたからね。それこそ俺達が、そっちの実家に帰ることはあっても」

「叔父貴。おじいちゃんとの二世帯を建てるときに、ちゃっかり資金を負担して、帰れる自室を作ってもらっているからね。けど、おじいちゃんがサービス修業とかいって、世界中のホテルを未だに飛び回っているうちは、むしろ定期的に帰ってもらうほうが、母さんや父さんは嬉しいと思う」

「うんうん。そうだよね。今では俺達も家を出ちゃってるし。誰かしら顔を出しているほうが、響平も賑やかで楽しいだろうからね」

響一と響也は、これが初めてということでもなかったためか、思い出話に花が咲く。

しかし、その間にも響平は一生懸命に手を動かし、ニコニコしながら頬張っている。

おじやということもあり、飲み込みやすかったのもあるだろうが、あっと言う間に完食しそうだ。

これを黙って見ていた圏崎とアルフレッドは、笑いを堪《こら》える反面、ちょっと残念そうにしている。

いつもなら必ず「あーんする?」と聞いてくれるのに、それがまったくなかったからだ。

「ごちそうさまでした！」

そうして一粒のお米も残さずに食べきると、響平はスプーンを置いて両手を合わせた。

「え？　もうない？」

「本当だ。すごいね、響平」

響也と響一が驚くも、響平は二人分のスプーンも回収して席を立つ。

空になったお皿を持って、キッチンへ片付けにいく。

「量が少なかったし、おじやだからね」

その動きが園児にしては自然で、中津川は幼い頃の響一達を思い出したようだ。

いっそう嬉しそうに微笑む。

「それにしても、そうとう美味しかったんだろうね」

「俺達も変な遠慮をしないで、味見に一口もらえばよかったな」

「本当にね」

しかし、圏崎やアルフレッドから思わず本音が漏れると、これには響一も響也も〝しまった〟という顔をした。普段、こうしたときに「一緒に食べる？」と率先して聞くのは、響平よりむしろ響一や響也のほうだったからだ。

もちろん、気づいたときにはもうなかったので、どうしようもないが――。

「シェフが用意していた素材がいいんだよ。なんなら追加で作ろうか？」

すると、好評に気をよくした中津川が食べはぐれた二人に声をかける。

「「ぜひ」」

「あ、でも――。すでにキッチンでは、篁シェフが腕によりをかけてくれているから、味見程度だけどね」

そこへキッチンから響平が戻り、一緒に飛鳥馬と篁も出てきた。

「その味見、ぜひ俺も便乗させてください」

「俺もしたいです！　専務の手料理なんて、一生に一度あるかないかですからね」

空の皿を届けた響平が、何か言ったのだろうか？

飛鳥馬より先に、本職の篁が言い出したことで、中津川はとうとう声に出して笑ってしまった。

「――了解」

その後は用意されたランチに突入したが、一緒に中津川特製のおじやも並んだ。

香山はその間もぐっすり眠ってしまい、しばらく目を覚ますことがなかった。

3

香山達を乗せたプライベートジェットがドバイ国際空港へ到着したのは、日本時間から五時間遅れの現地時間で当日の十六時。気流が乱れることもなかったおかげで、ほぼ予定どおりのフライト時間となった。

そうして、ここから入国手続きをＶＩＰ対応で済ませて、空港から会員制の高級ホテル・倶楽部貴賓館ドバイのあるダウンタウンまでは、車移動で三十分。ホテルからは、ワイルドで重量感のある漆黒のハマーH2のリムジン二台が迎えに来ていた。

「わ！　車もおっきい！　ぴっかぴか」

「本当だね。あ、響平くんはうさの助と一緒に、こっちの車でも大丈夫？」

「うん！　響ちゃん平気！　飛鳥馬ちゃん達と一緒に乗る～！」

「よかった」

全長8．69メートルの車体には、運転席と仕切られた後部席にL字型の革張りのシートにシャンパンクーラーや冷蔵庫の付いたテーブル、最後部にはVIPシートとして二人掛けが設置されている。

これに二組に分かれて乗車することになったのだが、一台には響平とうさの助、飛鳥馬と篁、そしてシェフにSP三人。もう一台には、香山達六人にSP二人が乗ることになった。

ただ、ここで飛鳥馬があえて響平を誘ったのには、理由があった。

着陸直前になってようやく目が覚めた香山の機嫌が、見たこともないほど悪かった。

そのため、空気を読んだ響一から、このような組分けにするからと指示をされたのだ。

とはいえ、久しぶりにぐっすり、たっぷりと睡眠を取ったはずの香山が、どうして機嫌が悪かったのかは、誰にもわからない。

それが明らかになったのは、車に乗り込んでからだ。

「なんで、俺が寝ている間に、お前がシェフのまねごとをして、みんなにサービスをしてるんだよ。起こしてくれたらよかったじゃないか。ってか俺、滅茶苦茶腹が減ってるんだけど」

リムジンが空港を出発したと同時に、VIPシートの奥に座っていた香山が脚を組んだ。

必然的に隣へ座った中津川を相手に、文句を言い始める。

「そう怒らないで。フライト中、寝っぱなしだったって――。疲れていた証拠だよ」

あれから、あまりにぐっすり寝ているので、中津川は〝こうなったら自然に目が覚めるまでは、このままにしておこう〟と判断した。

しかし、起こしてもらえる前提で眠った香山からすると、これがそうとう腹立たしかった。

せっかくのラグジュアリー機を堪能していないどころか、起きた途端に空きっ腹を抱えて降りることになったからだ。

「体感三時間ってところだけどな」

「さすがは東京大阪間のフライトを、ウトウトしているだけの十五分だって言い張るだけのことはあるよね。東京ドバイで三時間なら、時差ボケもなくていい仕事ができそうだ」

だが、長年行動を共にしてきた中津川に、そんなことがわからないわけがない。

手荷物として車内に持参した紙袋の中から、すかさずランチパックを取り出した。

蓋を開いて差し出すと、小ぶりのおにぎりが四つ入っている。

焼き鮭入りには海苔を巻き、梅干し入りには白ゴマがまぶされ、カニの身が混ぜられたものにはうっすらと粉末昆布出汁で味が付けられ、照り焼きチキンの具には湯通しされたレタスが巻かれている。

これらはすべて香山のお気に入りだ。

「なんだよ、あるなら先に出せよ」

見た瞬間、組んだ脚を解いた香山の目が輝く。

「シェフがスープポットを貸してくれたから、豚汁もあるよ」

「サンキュ！」

香山の不機嫌は瞬殺された。

これには前方のシートで息をのんでいた響一達もビックリだ。

「年季の入ったカップルって、ああいうものなのかな？」

「それを言うなら、我が子を掌《てのひら》で転がす母親のほうがしっくり来ないか？」

特に、こうした香山と中津川のやりとりを初めて見るだろう圏崎とアルフレッドは、目を丸くしている。

しかし、これに響也が反応をした。すかさずアルフレッドの袖を引っぱる。

「シッ！　アルフレッド。本当のこと言ったら、叔父貴の嫉妬《しっと》がこっちに来るから、迂闊《うかつ》なことは言っちゃ駄目」

「嫉妬？」

「もう何年も、専務は叔父貴だけの料理人だからね。それを寝ている間に俺達が作らせて、食べちゃったんだから、そりゃあね」

極力声のボリュームを落として、説明を加える。

「目に入れても痛くないほど可愛い甥っ子達でも駄目なのかい？」

「自分が専務にお願いしてならOKだと思うけど。そもそも自分の体調を気遣って作ったおじやだし、俺達どころか亨彦さん達まで食べたでしょう」

「あ……」

ここまで言われると、アルフレッドだけではなく、圏崎もハッとする。

香山が目に入れても痛くないと言うほど可愛い甥っ子達を、まんまとものにしたのは自分達だ。

しかも、二度目に中津川をキッチンに立たせたのも自分達だったからだ。

「そんなタイプには見えなかったな」

「もちろん、仕事になったら別だよ。今のはあくまでもプライベートの話だから」

それでも圏崎は、信じられないといったふうだ。

ここでも響一は香山の体面だけは守ろうとフォローする。

「いや、香山社長じゃなくて、中津川専務のほうだよ」

「専務？」

「これは、想像だけど。さっきの話からしても、香山社長は年月をかけて、そういうふうに焼きもちを焼くように、彼から教育された結果が、今の姿なんじゃないかなと思って」

しかし、圏崎からは、思いがけない指摘をされる。

「え？　あ!?」

「でも、二人が付き合い始めたのって、俺が生まれる前だし……？」

これには響也と響一も顔を見合わせる。

特に響一は、若干眉間に皺を寄せつつ、何か思い当たることはないか、考えているようだ。

「うーん。叔父貴達がもともとどうだったたっていうのは、俺達では知りようがないかも。今になって母さんに聞いても、多分〝どうだったかしら？〟って言うだけな気がするし。中尾《なかお》さんに聞いたときにも、〝いつの間にかシスコンがなくなったから、ああ〜付き合い始めたんだな〜と思った〟ぐらいしか出てこなかったから」

「――え!?　叔父貴とは同期入所で、一番付き合いの長い中尾さんでも、そんなものなの？　ってか、兄貴はいつの間に、そんなことを聞いていたの？」
「いつだったかは、忘れたよ。ただ、俺が配膳デビューしたときには、もう公認の仲だったけど。それを周りがあまりに普通に受け入れてるから、いつからこんな感じなの？　って、聞いたんだよね。ほら、俺達にとっては、生まれたときから叔父貴と専務はラブラブだけどさ。世の中そう甘くないぞっていう風当たり？　みたいなものも、まだまだあった頃からの付き合いだろうしと、思ったから」

どんなに若く見えても、香山も中津川も四十半ば近い。

大学四年の響一が生まれる前からとなれば、間違いなく前世紀からの付き合いだ。

当時は同性恋愛に関して、今ほどの理解がなかったことは知っているだけに、響一も気になったのだろう。

「ああ。なるほどね」

「それで？　実際は？」

「職場で新郎新婦やゲストに一目惚れをされて、告白されるだけならまだしも、成田離婚のきっかけを作りまくり。その上、いきなり海外ＶＩＰに拉致《らち》されるような叔父貴を正当な手段で取り戻せる人間なんて、そういないだろうから。専務とくっついたってわかったときには、むしろ安堵したみたいだよ。あとは、同業者に無謀な夢を見続ける者が早々にいなくなったのは、よかったとかなんとかで――」

しかし、香山に関しては、当時の風潮がどうであっても、そこはあまり問題ではなかった。周囲にいる者達、特に現在は赤坂プレジデントで宴会部課長を務める元登録員・中尾のように、当時から近しい者達にとっては、いるだけで風紀を乱していた香山の美貌のほうが問題だったからだ。

香山本人にはその気がない上、誰より仕事熱心だっただけに、中尾達の気苦労は計り知れないものがある。

「やはり "花嫁より美しい配膳人" は、伊達じゃないってことか」

響一の話を聞くと、多少は中尾たちの気持ちがわかるのか、圏崎は困ったように言った。

なぜなら、響也も同業の中ではアイドル的な存在だが、響一は知り合った頃から二十年前の香山晃を見るようだと言われているほど、瓜二つだからだ。

だが、これに関しては、そもそも香山と、響一達の母親が双子のように似ている姉弟なので、脈々と美麗な遺伝子が受け継がれているのだろう。

強いて違いを挙げるのなら、性格以外に香山には蠱惑（こわくてき）的な色香があり、響一には爽やかなそれしかない。姿はそっくりでも、かなり印象が違う。

圏崎からすれば救いだが、中津川からすれば、今も気苦労が絶えないだろう。

それは羽田空港で佇んでいただけ、眠そうにしていただけなのに、周囲の視線を集めていた香山を見ても想像がつく。

「でも、彼らは揃って仕事ができるし、性格も一本筋が通っている。偏りがあれば付け入る隙を狙う意味でも誹謗中傷を受けたかも知れないが――。けど、どちらも性別を気にする前に魅了されてしまう人達だから、むしろ同性のほうが理解できたのかもしれないね。自分でも惹かれるくらいだから、二人がお互いに惹かれ合っても不思議がない――みたいに」

すると、圏崎の言葉を受けて、アルフレッドがもっともなことを返す。

「それってアルフレッドも一度ぐらいは叔父貴にドキッとしたってこと？」

「君に一目惚れした私にそれを聞く？」

「え？」

思いがけないところで、今度は自分が響也に焼きもちを焼かれることになった。

だが、それは杞憂だろうと、響一がクスリと笑う。

「どう考えても、アルフレッドはショタ寄りだよね？　響也は未だに高校生でも通っちゃうし。交際を始めた頃なんて、今よりもっと幼く……っ！」

「しっ、響一」

「何か言ったかな？」

慌てて圏崎が口を塞いだが、アルフレッドは地獄耳だ。世間から叩かれても不思議のない年頃の響也に惹かれた自覚は誰よりあるためか、ジロリと睨《にら》まれてしまう。

「まあ、なんにしたって、仲がいいに越したことはない」

「俺達みたいにね」

「そうだね」

慌てて圏崎が誤魔化し、響一もそれに倣《なら》った。

――と、ここでパン！　と手を叩く音がした。

「ご馳走様でした」

ＶＩＰシートの後部席から香山の声が響いた。

どうやら不機嫌が直るを通り越して上機嫌だ。

「どういたしまして」

後片付けまでそつがない中津川も嬉しそうに返す。

が、ふっと前方を見たかと思うと、ニコリと笑った。

まるで「全部、聞いていたからね」と言いたげな笑顔に、四人どころか黙って座っていただけのSP達までぎくりとしてしまう。

揃いも揃って反射的に愛想笑いを返してしまったのは、仕方のないことだ。

「やっぱり、俺達とは年季が違うね。いろいろな意味で」

その後、圏崎は俯《うつむ》くと、アルフレッドにのみ聞こえるように、小声で漏らした。

「そうだな」

これにはアルフレッドも同意するしかなかったのか、うんうんと小さく頷いていたのだった。


香山達は四時半過ぎに、倶楽部貴賓館ドバイへ到着した。

ダウンタウンの中心部から少し離れた海沿いにある貴賓館は、アル・シンダガ博物館を思わせる十九世紀後半の伝統的なアラブ様式の建物で、今世紀に入ってから改装したものをVIPオーナーの一人である持ち主がホテルとして提供したものだ。

そのため、外観こそ硬質かつ飾り気のない石造りをしているが、中は贅《ぜい》を尽くした絢爛豪華《けんらんごうか》な装飾が施されている。

広々とした庭付きの一階には、フロントフロアから宴会場やレストラン、事務所が。

そして、二階から三階には大小合わせて百二十ほどの部屋があるが、半分がダウンタウンビュー、半分がオーシャンビューで、そのすべてがスイートルームだ。

「お待ちしておりましたアダムス様。御一行様。お部屋をご用意しておりますが、ハビブ様より、先に到着されている皆様がいらっしゃるお部屋へご案内するように申しつかっております。よろしいでしょうか？」

「ああ。それでいい。よろしく頼む」

「かしこまりました。それでは、こちらへ」

香山達が車から降りると、エントランスでは六名の黒服男性が待ち構えていた。

アルフレッドが返事をすると、フロントへ寄ることなく、まずは部屋まで案内をされる。

移動する香山達と黒服男性を合わせると、二十名を超えた。

そのためエレベーターでは、二手に分かれて乗り込む。

「それで、ハビブ達の他には誰が着いてるの？」

「香山様より、お声掛かりの皆様全員がお揃いです。部屋付きのスタッフからは、そう聞いております」

香山が訊ねると、男の一人がにこやかに答える。

「そう。ありがとう」

「そういえば、叔父貴。他には誰が来るの？　ハビブがいるってことは、菖蒲《あやめ》さんはいるんだろうけど」

すると、これを聞いていた響一が、思い出したように聞いてきた。

「ああ。ハビブが直接連れてきたのが、菖蒲と桜《さくら》。でもって、別便で飛んで来たのが高見沢《たかみざわ》と小鳥遊《たかなし》、それと優《すぐる》にヒカルだ」

「うわっ！　すごいね。というか、桜さんと優さんは、事実上引退をしたのに、完全に巻き込まれ？」

揃ったメンバーの名を聞き、響也が驚いて話に加わる。

それもそのはず、ハビブの屋敷に派遣されていたことがきっかけで結ばれた菖蒲誠《まこと》はともかく、彼の友人でもある桜享秀《たかひで》は、ここ数年豪華客船のスタッフとして派遣されていたところで、北欧の小国、ベルフ王国のカイ・ファン・デルデン公爵に見初められて退所。

今では響平とも仲のよい第二王子、マリウス・ファン・デン・ベルフと、そのペット達犬猫十六匹の世話をしながら、これはこれで賑やかかつハードな生活を送っていた。

そして、もともと香山配膳へは、家業の一つを担うためにサービス修業として勤めていた橘《たちばな》優は、ひょんなことから未経験のまま事務所に入ってしまった鹿山晃《かやまひかる》――通称ヒカルと結ばれたのちに、さらなる修業のために退所。

現在は東京とニューヨークを行き来し、多忙な日々を送っている。

彼が香山配膳の重要な契約先、ホテル・マンデリン東京をも含む国内屈指の巨大複合企業・橘コンツェルンの経営者一族の一人だからだ。

「巻き込まれというか。この話が出たときに、桜は菖蒲と一緒にいたらしくて、その流れで。優のほうは、久しぶりにニューヨークから戻っていたところに、ヒカルへ声がかかったものだから、なら自分も一緒に――ってところかな」

「なるほど。友情と愛情で増えたわけか。でもって、高さんと小鳥遊さんは急遽《きゅうきょ》予定変更？　確かここ数日は、二人揃って赤坂プレジデントじゃなかったっけ？」

香山がざっくり説明をすると、再び響一が問い返す。

側に居た圏崎やアルフレッドも、それとなく耳を傾けている。

「そこは、事情を話したら、中尾が融通してくれたんだ。というか、先日の貴賓館東京の研修では、あいつもぺいぺい扱いされて激怒していたからさ。こうなったら、全員が現役じゃないにしても、香山のトップクラスを揃えて、これがサービスだっていうのを思い知らせてこい——って、ことらしい」

そして、予定の仕事を変更してまでこちらへ来ることになった高見沢亮輔《りようすけ》と小鳥遊智之《ともゆき》は、響一を五代目トップ、響也をナンバーツーとする香山TF（十本指）の現役ナンバースリーとフォーだ。

響也が高校生だった頃にナンバーツーだった高見沢は、どこぞの富豪に嫁に取られる心配のない縁の下の力持ち。

そして誠実な仕事ぶりで頭角を現してきたナンバーフォーの小鳥遊は、響一と響也が一度は海外修業へ出たいと言っていることもあり、今から六代目トップ候補と囁《ささや》かれている。

彼自身は「どうして六代目が高見沢さんじゃないんですか？」と狼狽《うろた》えているようだが、ここは僅差もない実力であれば〝花嫁より美しい配膳人〟と呼ぶにふさわしい者が跡を継ぐのが、香山配膳の通例だ。

ようは初代トップの香山響子《きようこ》と二代目の香山がほぼ同じ顔。

そこへ三代目までもが容姿端麗だったものだから、必然的に四代目も実力だけでなく容姿も揃っている者が登録員達から選ばれた。

ただ、そのおかげかどうかはわからないが、響一が当時高校生ながら五代目を継ぐことになったのは、ここの二人も早々に見初められて寿退所になったからだが——。

「それは——、中尾さんらしいね。けど、その気持ちはわかるかも。俺も、響也への扱いを知ったときには、テーブルを返しそうになった。それが、当の本人となったら——、ねぇ」

「うん！　俄然《がぜん》やる気になってきたね。バイトリーダーが悪いとは言わないし、立派だと思うよ。けど、ナンバーツーの俺がその扱いって、香山配膳そのものを嘗《な》められたみたいで、本当に腹が立ったからさ!!　ふんっ！」

そんな話をするうちに、エレベーターは三階へ着いて、飛鳥馬達と合流をした。

香山はこの時点で、乗ってきたエレベーターがＶＩＰフロア専用だったことを理解し、歩いてきた通路などを含めて頭に置いた。

そして、中でも一際目立つ装飾の扉の中へ通される瞬間も、腕時計で時間を確認する。

（――すぐに着替えて現場に出ないと、あっと言う間に十七時だな）

本日香山が仕切りを任されたＶＩＰオーナーズの会食パーティーは十九時スタートだった。

しかし、会場内への迎賓は、その三十分前から始まることになっている。

それまでに香山は、ここの社員達が行っているスタンバイの状況を確認、把握しなければならない。

その上で、簡単なミーティングをして、響一達を含めたサービススタッフ全員をまとめて先導することになる。

また、ここでのパーティーでは、新たにＶＩＰオーナーに加わったアルフレッドが紹介されることもあり、その歓迎会も兼ねられている。

準備から迎賓、パーティーの終了予定時刻までの約四時間は、気が抜けない。

その後の片付けまで合わせたら、機内で爆睡してきてよかったと思うことになりそうだ。

しかも、それにもかかわらず、今夜は前夜祭にしか過ぎない。

明日の十時からは貴賓館におけるサービスの基準を一度リセットし、新たにどう仕切り直すべきかをテーマとしたオーナーズ会議が行われる。

そこにも香山は業界内のトップクラスに君臨する有職者として、同席することを依頼されており、ハビブが言うには「場合によっては相談役にスカウトするからよろしく」とのことだった。

——冗談じゃない！

その話をされた時点で、香山はハビブに「これ以上俺の仕事を増やして、過労死させる気か」と返してしまった。

そうでなくとも、事務所の運営に現場仕事で休みはたまにしかない。

また、香山がサービス面で相談役を引き受けているホテルは、世界の主要都市に展開している一流どころが何社かある。度々名前が出てくる中尾がヘッドハンティングをされて就職した赤坂プレジデント、本社を米国に構えるプレジデントグループもそのひとつだ。

この上、問題がてんこ盛りとわかっている貴賓館の改善相談まで受け始めた日には、面倒くさいどころの騒ぎではない。

それこそホテル経営者であると同時に、自身も有能なサービス経験者であるアルフレッドがＶＩＰオーナーに加わったのだから、相談なら彼にしてくれというものだ。

「いらっしゃい！　ようこそドバイへ。急な頼みだったというのに、よく来てくれた。香山、中津川達も遠路はるばる、ありがとう」

そうして一行が広々としたリビングへ通されると、真っ白なカンドゥーラを纏い、頭から被ったクーフィーヤをイカールで押さえたハビブが、両手を広げて歓迎してくれた。

アルフレッドや香山の背後に付いて中へ入る面々を見ると、先に到着していた者達まで見回して、満面の笑みを浮かべる。

「それにしても、よくこれだけのメンバーを引き連れてドバイまで来てくれた。嬉しいし、助かるが、今頃各ホテルの宴会部長は泣いてるんだろうな」

そうとうなわがままを言った自覚があるのか、それだけにハビブは言うことを聞いてもらってはしゃぐ子供のようだ。

だが、これをよしとしないのは、彼のパートナーでありながら、今現在も香山配膳に登録員として名前を残している菖蒲だ。浮かれるハビブの背中をバシッと叩く。

「——痛っ」

「社長！　専務！　響一くん達も、本当にごめんなさい！　ハビブには、俺の他に桜も手伝うよって言ってくれたんだから、いいだろうって言ったんですけど。そうしたら、もう依頼しちゃったからって。本当にお忙しいのに、すみません！」

彼の前へ出てきて、平謝りをする。

（もはや保護者だな。昔から面倒見がいい性格だったが、それが仇になったとしか思えない。かといって、この様子なら、すでに尻に敷いてるようだし——。まあ、いいか）

これには香山だけでなく、圏崎達も噴き出しそうになった。

しかし、実際の話。多忙を極める香山達が、ドバイまでやって来たのは、往復の旅費から滞在にかかる費用及び、破格の派遣料に一日のフリータイム付きという好条件——だったからではない。

事務所から嫁に出したも同然の、菖蒲の様子も気になっていたからだ。

しかも、香山がこの交渉電話を受けていたのが、たまたま実家に戻ったときだったために、側で響

平が聞いており、

〝響ちゃんも行きたい！　それって、まーくん達も来るんだよね？　わんちゃんやにゃんちゃんも！　また一緒に遊びたい！　いいよね、晃ちゃん！〟

そう言って「わーいわーい」と大喜びをされたので、仕方がないか――となった。

それでもいざ着いてみれば、車の中で寝てしまったらしく、今はSPの一人が抱えてくれている。

「気にしなくていい。たまたま今日が、日本じゃ仏滅の平日だから、身体が空いてたんだ。それで引き受けただけだから」

それでも香山は、あえてこんな言い方をした。

ハビブには何のことかわからなくても、菖蒲にはこれで十分に説明になるからだ。

案の定、菖蒲は一瞬ホッとした顔を見せた。

「――あ。そういう……、いや！　それならかえって貴重なお休みが。本当にすみません」

ただし、すぐにまた頭を下げて、ハビブに対しても「ちゃんと謝れ」「もっと頭を下げてお礼を言え」とせっついていたが――。

しかし、こうなると痴話喧嘩に発展するのは時間の問題だ。

小競り合いを始めた菖蒲とハビブを脇へ移動させ、高見沢と小鳥遊が香山達の前へ出る。

「おはようございます」

「おはようございます。香山社長。中津川専務。そして、皆さん」

背後には橘やヒカル、桜も揃っており、軽く会釈をしてくる。

菖蒲もそうだが、すでに全員が黒服姿でスタンバイしていた。

「おはよう、みんな。本当にすまなかったな。急だし、遠出だし。ヒカルなんて休みだったのに、優まで巻き込んで。桜も——ごめんな」

「そんなことはないです。お声をかけていただいて光栄ですし、俺はすっごく嬉しいです！」

「俺もです。むしろ、ヒカルに便乗してしまって、すみません」

まだまだキャリアの浅いヒカルは、この場にいられるだけで本当に嬉しいのだろう。目を輝かせていた。

また、そんなヒカルに配膳仕事の指導したのが橘というのもあるが、本人自体が香山達と会うのが久しぶりとあって、ここで仕事となっても嬉しそうだ。

そしてそれは、桜も同じで——。

「右に同じです。それに俺は、もともと菖蒲やハビブ様と一緒に、ここへは来る予定だったので。むしろ、社長達と一緒に現場に立てるなんて、今からワクワクしてますよ」

「そうか。そう言ってもらえると、助かるよ。けど、八神《やがみ》さんは来ていないみたいだけど——。さすがに公爵閣下が頻繁に国を空けるのは難しかったのか？」

香山は菖蒲同様、桜も元気そうなのを見て、安心をした。

しかし、桜のパートナーの姿がないことに気づくと、確認をする。

「はい。彼は王家の側近家系の当主ですし。ただ、せっかくハビブ様が連れていってくださるんだし、みんなにも会いたいだろうからと、快く送り出してくれて」

「まあ、そうは言っても、いつもどおりマリウスだけでなく、巨大な犬猫十六匹も一緒なんだろうから、ペット担当のSPがいるとはいえ、世話役なのは変わらな——、ん？　そういえば、肝心のマリウスと犬猫達はどこに？　いつもなら、真っ先に飛び出してくるのに」

よく見れば、マリウスがこの場にいない。

同伴していれば嫌でも目立つ大型犬のイングリッシュマスティフ親子、大型猫のメインクーン親子の気配さえ感じない。

「あ、寝室で寝ています。響平くんに会えるって、ここへ来るまでに、はしゃぎすぎてしまって。着いたときには、ぐっすりだったんです。あ、よかったら響平くんも、一緒に寝かせましょうか。犬猫達も同じ部屋にいますけど」

「なら、そうしてもらおう。俺達は仕事だし」

どうやらちびっ子達は、揃いもそろって寝てしまったようだ。

片や日本から、片や北欧から移動をしてきたのだ。いくらプライベートジェットで仮眠が取れても、さんざんはしゃいだのだから、こんなものだろう。

香山が桜からの厚意に甘えると、響平を抱えたアルフレッドのＳＰが、ハビブのＳＰに案内をされて、別室へ向かう。

「――晃。そろそろ支度を」

すると、ここで中津川が声をかけてきた。

「あ、着替えでしたら隣の部屋でどうぞ」

「ありがとう」

香山は時間を気にしていたのに、つい話し込んでしまった。

響一や響也に目配せをすると、手にしたガーメントバッグと共に、リビングから続く隣の部屋へ移動する。

「せっかくだから俺も手伝おうかな。アルフレッドはゲストだし」

「本当？　亨彦さん」

これから仕事だというのに、楽しそうに見えたのか、圏崎まで参加しようかと言ってきた。

今でこそホテル経営をしているが、もともと彼は留学時代に始めたベッドメークのアルバイトからの成り上がりだ。

しかも、配膳サービスも一通りにこなせて、それは響一が一目惚れをするくらいの実力の持ち主だ。

響一が声を弾ませる。

「いやいや。圏崎は俺と一緒にゲストだよ。ここでベルベットと米国の若きホテル王の名前を売らなくてどうするんだ。ここのＶＩＰオーナー達はホテルのターゲット層ではないけど、コネは増やして拡大するに限る」

しかし、これにはアルフレッドから待ったが入った。

響一はかなり残念そうに「だって」と響也に視線を送る。

「許してあげてよ。あんなこと言っても、きっと一人じゃ心細いんだよ。もしくは、一人でハビブの面倒は見切れないとかさ」

だが、響也は響也でこの言い草だ。

「響也！」

「えへへ」

いずれにしても、普段顔を合わせることのないメンバーが揃ったことで、響也も浮かれていたのだろう。アルフレッドに「こらっ」と叱られつつも、終始楽しそうにしていた。

そうして、ひとまず現場に出る者達が黒服に着替えると――。

「――え⁉　もしかして、今夜は専務も現場に出られるんですか？」

「うっそぉ！　専務も⁉」

てっきり香山達だけかと思っていたらしい小鳥遊やヒカルが、黒服姿の中津川を見て、驚きの声を上げた。

「うわ～っ。やっぱり貫禄が違うな～」

「専務が現場に出ること自体稀だけど、そこに叔父貴が一緒って、もう何年かに一度しかないもんな～。ってか、俺も久しぶりに見た！」

「本当にね」

そして、これには高見沢も同調し、響也や響一も頷き合う。

だが、それほど中津川が黒服姿で香山の隣に立つのは久しぶりのことで、香山など本気で感動されたことに、逆に驚いていた。

中津川本人にいたっては、騒がれたことが照れくさいのか、困ったようにはにかむ。

「こうやって並ばれると、余計に俺達もまだまだだなって実感させられるな」

「そうだね。圧がすごい。香山社長一人でも目を惹くのに、専務が隣に立つと華やかさだけでなく重厚さまで加わる」

アルフレッドと圏崎など、移動中から幾度となく中津川に圧倒されているためか、関心が高まるばかりだ。

仕事面で劣るつもりは毛頭ないが、やはりまだ若い響一や響也と、成熟した香山の隣に立つのでは、理屈抜きに違う。年の差があるのは確かだが、自分達はまだ若い、青い気がしたのだろう。

「そうしたら、社長。荷物は俺が部屋へ移動しておくので、先にみんなと会場へ」

準備が整ったところで、中津川が香山に提案をした。

すでに呼び名が変わっており、仕事モードに切り替えられている。

「ありがとう。なら、お言葉に甘えて。――全員、準備はできてるか?」

「はい。すでに館内も一通り見て歩きました」

香山が問うと、高見沢が快活に答えた。

「あ、社長。よろしければ、これを」

また、ヒカルは黒服の内ポケットから用紙を取り出し、広げて見せてくる。

それは公になっている当館の案内図。三階部分には、この部屋の場所を示す星のマークが手書きで付けられており、それ以外にもスタッフ専用の通路やエレベーター、宴会場のバックヤードなどへの出入り口などがわかるように印がされている。

「ありがとう」

香山は用紙を受け取ると、両隣に立つ響一と響也、そして背後にいた飛鳥馬にも一緒に見るよう目配せをした。

「――覚えたか?」

「了解。全部入ったよ」

「俺も!」

「はい」

そうして数十秒が経ったあとには、その場で図面の確認を終えた。

一応、ヒカルにメモ用紙をもらっていいかを確認してから、それを中津川に差し向ける。

「専務。会場に来るまでに、これを」

「了解」

そうして香山は、「じゃあ、またあとで」と声をかけてから、響一達九名を連れて、部屋をあとにした。

これを笑顔で見送った中津川は、その場で用紙を黙視する。

そして、先ほどの香山達と同じように数十秒後には、用紙を畳んで黒服の内ポケットへしまった。

だが、これを見ていた圏崎、アルフレッド、ハビブは、顔を見合わせると、揃って溜め息を漏らす。

「下見をしに行った菖蒲達はさておき、今見た館内図だけで、初めて来たホテル内をほぼ理解して迷わないって。もはや、特殊能力だよな」

「特に私達は、エントランスから、最短コースでこの部屋に連れてこられたから、香山達はフロントフロアさえ、じっくり確認をしていないしね」

「――うん。正直言って、こういうのは響一の特殊能力なのかと思っていたけど。よく考えれば、その響一が憧れて配膳人を目指したのが香山社長だし。その二人を見て、目指したのが響也くんや今の登録員達なんだから、香山配膳では基本みたいなものなのかもしれないね」

側で聞いていたＳＰ達も、感心しきりだ。

「それでも、もともと建築士を目指していたというヒカルが入ったときに、図面の柱の位置で地下から屋上まで把握しましたと言われたときには、全員で言葉に詰まりましたけどね。しかも、彼の味覚は三つ星のシェフかソムリエクラスですし」

中津川も荷物をまとめながら、この場に残った篁と移動の準備をする。

着替えている間に、菖蒲から部屋割りと番号は聞いているので、ひとまず置きには行くが、おそらく寝る以外はこの一番広いＶＩＰルームに集まることになるだろう。

公私ともに合わせても、冠婚葬祭でもないのに、ここまでメンバーが揃うのは稀《まれ》なことだ。

誰もがそれをわかっているので、少しでも同じ時間を共有したいと思っているのが、伝わってくるからだ。

「唯一、サービスはまったくの素人で入ってきた彼でさえ、それだからな。本当に、超人レベルしか集まらないところだよな。香山配膳は」

「そう言ってもらえると嬉しいですね。すべては、社長一族の尽力ですが」

「そんな、ご謙遜を」

「そうですよ。今や専務さんなしで事務所は成り立たないと、響一や響也くんなんか常に言っていますよ」

ただ、そう考えると、香山配膳に関わる者達と結ばれたことで、繋がった男達が、こうして彼ら抜きで話をするのも稀なことだ。

国も違えば、立場も違う者達だが、これはこれで会話が弾む。

ハビブやアルフレッドが日本語に堪能なのもあるが、他の者達が全員英語が堪能なのも、会話が止まらない一番の理由だろう。

さすがに篁は恐縮気味だが、それでも会話から漏れることがない。

この場にいられることが嬉しいのか、うさの助を抱えながら微笑んでいる。

「ですが、私がこの道に入ったきっかけそのものが、社長・香山晃ですから」

すると、ここぞとばかりに中津川が口にした。

「――ご馳走様です」

「これは惚気《のろけ》ではないですよ」

「は～っ。香山の旦那衆が揃いもそろって。俺には全部惚気にしか聞こえないって」

圏崎やアルフレッドが照れると、ハビブが大げさに肩を竦ませる。

だが、これを聞いた篁がぼそりと「似たもの同士なのに」と零したことで、中津川達どころか、SP達まで噴き出した。

リビングには、移動の疲れも吹き飛ぶほどの笑いが起こることになったのだった。

＊＊＊

響一達を連れて部屋を出た香山は、ひとまずVIPフロア専用のフロントに話をして、今からパーティー会場のバックヤードへ向かうことを現場の担当者に連絡してもらった。

そうして迷うことなく移動をしていると、通り過ぎることになった館内では、アラビアンナイトに出てくる王宮を思わせるようなアラベスクの壁面装飾やカリグラフィーといったイスラム様式の建築が目を惹いた。

黒服で歩いていたためだろうが、途中で来客とわかるドイツ人の夫婦にカフェの場所を聞かれることもあったが、そこはすでに館内を回ったヒカルが代表して説明をする。

この中では響也と大差がない童顔の彼だが、幼少期にドイツで暮らしていたこともあり、日常会話程度なら今も話せるからだ。

ただ、ここに揃う者達は、誰もがこうした生活経験か留学経験があるので、母国語以外に最低二カ国語は話せる。

むしろ、そうした経験がないにもかかわらず、サービスに困らない程度には何カ国語かが話せる現役大学生の響一と響也は、このためだけに外国語学科に籍を置いているほどだ。

業界内でもCレベルからSレベルという技術評価ランクがあるが、そのSSの上に「香山レベル」という言葉が生まれたのも、サービスの心技の他に、こうした語学力が登録条件になっていたのもあった。

「ありがとう、ヒカル」

「はい。社長。お役に立てて嬉しいです」

「相変わらず、ひよことチワワの合体みたいで可愛いな、ヒカルちゃん。なんか、後ろ姿に尻尾が見える」

「こら、響也」

そんなこともありながら、香山達はバックヤードへ着いた。

そこから場内へ入り、ゲストの出入り口まで移動し、丹念に見渡す。

贅を尽くしたイスラム様式のフロア、壁一面がステンドグラスで彩られた礼拝堂のようなパーティー会場、バックヤード、そしてキッチンまでの導線は、これまで見てきたホテルと大差がない。

これなら特に困ることはなさそうだ。

香山もひとまず安堵し、今度は出入り口を背に立ち、ゲスト視点で場内を見渡す。

「スタンバイ中ですね。けど、全員が黒服を着用じゃ、パッと見、個々のレベルや上下関係がまったくわからない。これはこれで見た目はいいですけど、誰をどう注意して見ていたらいいのか――。顔つきとか行動で見分けていくしかないのかな？」

すでに社員達が準備で行き交うのを見ながら、橘が呟く。

すると、これに響一と響也が、賛同して頷く。今にも苦笑が浮かびそうなのを堪えている。

「――だよね。会場は立派だけど、ここにいるスタッフのいったい何人が、どれほどの経験者なんだろう。そもそも俺達が呼ばれたのだって、不足を補うというか、サービスマンとしての見本になるためなんでしょう？」

「さすがにＶＩＰオーナー達のパーティーで、ド新人は紛れ込ませないだろう。そうでなくても、今夜は新規ＶＩＰオーナーになったアルフレッドの歓迎会でもあるんだよ。明日の会議のきっかけになるくらい〝物申した〟人間が来るわけだし。ましてや、ここはアラブ圏内の貴賓館だ。間違いなく上位出資者だろうハビブもいるわけだし。ってか、さすがに懲《こ》りててほしいよね？　こんなところまで俺達を呼びつけてるんだし」

そんな中で、香山がメンバーに問いかけた。

「一応、確認させてくれ。この中でアラビア語ができる者は？」

すると、桜と菖蒲が「「少しですが」」、そして優が「少しなら」と挙手をした。

「挨拶程度かな？」

「メニュー紹介程度なら」

　これに響一と響也が加わる。

「そうしたら、あとは俺と中津川か——。あ、ここのスタッフというか、社員はどうなんだ？　日本語は無理でも、ドバイの公用語はアラビア語と英語だから、どうにかなるか。ちょっと確認をしてくるから、待っていてくれ」

　香山はそう言うと、目についたスタッフに声をかけに行った。

　それを目で追う小鳥遊が高見沢に話しかける。

「みなさん、すごいですね。というか、社長と専務はいったい何カ国語が話せるんですか？　あれは、少しとかそういう感じじゃないですよね？」

「——社長達に関しては、いきがかりもあるのかな？　徐々に国際的なパーティーでの依頼が増えて、あっちこっちで引っ張りだこになったから。ただ、専務はそもそも帰国子女だし、外交官を目指していたらしいから、もともと何カ国語かはいけるはず」

「えええっ！　帰国子女だけでなく、目指せ外交官ですか？　それがどうして香山配膳に？」

「高校時代に、同級生だった社長から語学力を買われて、バイトに誘われたのが入り口だったかな？　で、出口をなくしたのは、そのままくっついたから？　いや、事務所が経営難に陥ったときに、手腕を発揮したのが先か？　なんにしても、誰に頼まれたでもなく、大学を出たときには専務に就任していたらしい」

　何の気なしに聞かれたことをきっかけに、高見沢が知っていたことをボロボロと話す。

　すると、これは初耳だという者達が、いっせいに聞き耳を立てる。

「え⁉　ってことは、今の会長時代から専務さんだったんですか？」

「そう。もともとは初代社長以下事務員と登録員みたいな感じだったから、専務ってポジション自体、そのときに作られたっぽい。とはいえ、十年ぐらい前までは専務も現場兼任だったから、事務所勤務だけになったのは、二代目社長に交代したことがきっかけだったんだろうな。それまで一緒に事務をしていた初代が、完全に退いちゃったから」

「くっ、詳しいですね、高見沢さん。まだ十年も勤めてないですよね？」

「そこは――。中尾さんが酔うと同期自慢を兼ねて社長と専務の話をしてくれるから」

「あ、なるほど。けど、中尾さんの気持ちもわかりますよね。俺なんか同期だとかなんにもなくても、香山のみんなのことは自慢したくなるので」

　ワクワクしながら話を聞いていただろう小鳥遊が「ふふっ」と笑う。

　すると、丁度そこへ香山が会場となる部屋の担当者らしき男性二名と一緒に戻って来た。

「みんな、聞いて。ここの社員は、全員アラビア語と英語が話せる。ベストな接客が無理と判断したら、すぐさま対応を代わってもらうように」

「はい」

　だが、フロアのほうから黒服姿の恰幅のよいアラブ紳士がやってきたのは、このときで――。

「日本の香山配膳には、母国語の他に二カ国語が話せるトップサービスマンしかいないと聞いていたのですが、やはりアラビア語は習得すべき公用語ではないということですか？　私は必死に日本語を学んだというのに、実に残念だ」

　慌てて止めに入ろうとした社員達の及び腰を見ると、このホテルの幹部らしい。

流暢な日本語で、だがそうとうな上から目線で嫌みを炸裂してくれた。

「あ、失礼。私はここの支配人です」

しかし、そんな彼に対して、香山は微笑みを絶やさない。

【申し訳ありません。今回はハビブ様を経由し、ご依頼をいただいたので馳せ参じましたが、弊社の取引先には、そもそもアラビア圏の施設がないのです。もちろん、ハビブ様のように、個人で契約をされている方はいらっしゃいますが、いずれも英語か日本語がご堪能な方ばかりなので。つい、甘えてしまいました。しかし、今後このような依頼がないとも限りませんので、弊社でももっとアラビア語に堪能な者を増やしていきたいと思います。貴重なご意見をありがとうございました】

むしろ、普段の五割増しかというような笑みを浮かべて、アラビア語で返した。

内容がわかる菖蒲と桜、響一は顔を見合わせると、その嫌みっぷりに肩を震わせる。

だが、橘や響也に関しては、「よく言った！」と満面の笑みで、ハイタッチ寸前だ。

こうしたところには、性格が出る。

【……っ！　話せるなら先にそう言えばいいものを!!　恥をかかせやがって】

ただ、さすがにやり過ぎたのか、男は憤慨を露わにし、鼻息を荒くして立ち去った。

入れ違うようにやってきた中津川にまで、「ふんっ」と顔を背けていく始末だ。

「お待たせ。どうしたの？　何かあった？」

いきなりの対応に、中津川は困惑している。

しかし、ここへ新たに中年の紳士が加わった。

「香山社長。うちの者が、大変な失礼を。申し訳ございません」

「我々の報告が行き届かないばかりに――。本当に、申し訳ございませんでした」

どうやらこの貴賓館ドバイを任されている社長らしい。

その場にいた社員にしても、綺麗な英語で謝罪をしてくれる。

「お気になさらずに。急なこととはいえ、英語とアラビア語の両方に長けた者だけで来られなかったのは、事実ですので。ただ、その代わりといってはなんですが、欧州、アジアからのお客様にも対応できる者達を揃えて参りました」

瞬時に香山の対応が普段どおりに戻る。

自分が何を言われても怒ることはないが、社名や登録員達を馬鹿にされて黙っているほど、大人しい性格ではない。

場合によっては得意先でも言うべきことは言うし、取引先を切っても登録員を守るのが、香山の身上だからだ。

「――っ、それは、むしろ助かります。我々は公用語なので、二カ国語は話せる者を揃えておりますが、それ以外となると別部署の者になってしまいます。それで支配人にも来てもらった状態でしたので」

「国際パーティーがメインの会場というわけでもなければ、そうだと思いますよ。そのために、我々のような派遣会社があるのですし。それに、実際たまのパーティーだけのことでしたら、支配人さんのように話せる方に入ってもらえばいいだけですから」

「そう言っていただけますと、助かります」

話をするうちに、一度は乱れたこの場の空気も落ち着いたものになる。

「なんだ。一応、トップはまともみたいだな」

「よかった。てっきりまたアウェイな中で、絡まれまくりながら仕事するのかと思った」

「優さん。響也。その辺にしておいたら。まだ支配人が近くにいたらどうするの。ねぇ専務」

それでもいまいちスッキリしていない二人を響一が宥める。

だが、同意を求めるも、中津川から返事がない。見れば視線が会場前のフロアへ向いている。すでに到着しているゲストが会場確認に来ているようだ。

「専務？　どうかしたの」

「あ、いや。ごめん。ちょっとね」

響一に聞かれ、響也達にも首を傾げられて答えるも、明らかに誤魔化した。

「ちょっと何？」

「あとで言うよ」

「――了解」

それでも説明はしてくれると言うので、響一は納得した。

「では、俺達もスタンバイを」

「はい！」

改めて香山が声をかけたところで、場内のセッティングに参加し始めた。


その後、香山達は現地の者達とのコミュニケーションを英語で交わしながら、会場内の準備を終えた。

バックヤードに集合し、ミーティングに入る。

ここでも香山が最初に伝えたことは、「経験者には申し訳ないが」と前置きをした上で、自分がベストなサービスをできないと感じたときには、無理をせずにできる者に助けを求める。

それが言葉であっても、些細なサービスであっても同じことで、決して無理にどうかしようとしたり、自身の知識や判断だけで対応したりすることがないようにという、初手の初手から話をした。

そして、用意されたホワイトボードに、長方形の場内をざっくり描き出すと、

「本日の来賓はオーナーズ様とそのお連れ様を合わせて、百二十名。円の一卓八名で十五卓。洋食とアラビア料理の折衷になりますが、すべて皿盛りなので、特殊なプレゼンテーションはシェフによるケバブの場内でのカット演出のみです。ただ、その分、スムーズに食事をしていただかないと、時間内にすべてをテーブル上に置くのが難しくなりますので、そうしたときには無理のない程度にお声がけをしてください。特にオーナーズ様達は、会話のために席を移動することも多いと思いますので、そうしたときにはお連れ様に確認するなどしてください」

香山は「○」図で卓の配置を、その横には本日のコースメニューと進行を書き出し、特に食事の進み具合を気にしてほしい前半部分にチェックを入れた。

披露宴などでも客が自由に行き来を始めるときが一番気を遣うのだが、本日は最初からそれがあっても不思議がないパーティーだ。

――それならどうして立食にしないんだ！

とは思うが、そこは連れにはゆっくりしてほしいという、オーナーズからの希望だそうなので、仕方がない。

あとは、下手に浮かれて、酔っ払った者が動き回らないことを祈るばかりだが、さすがにオーナー

ズでそれはないと願いたい。

だが、こればかりは、スタートしてみないとわからないので、香山は用心に用心を重ねるようにボードにもそのことを書き出した。

ついでにこちらの粗相で衣類を汚したときの弁償金額まで予想し、書き加える。

すると、最初は笑って見ていた社員達も、ここで少しは気が引き締まったのか唇を結んだ。何せ、セレブ男性のスーツもさることながら、ここぞとばかりに連れを飾り立ててくる可能性がある。

それを踏まえて、ドレスや宝飾品に関しては、香山がこれまでに見聞きした桁違いな金額をそのまま書き連ねていったからだ。

これには響一まで「また乳酸菌だよ」と呟く。

「あと、ご婦人やお子様を同伴されている方々も多くいらっしゃいますので、この印をつけた七卓の出し下げには、特に注意をしてください。ドリンクの進み具合も同じです。また、先ほど確認したところ、本日のお客様に英語とアラビア語以外で必要になりそうなのは、フランス語、スペイン語、イタリア語、ドイツ語、中国語、日本語とのことでした。一応、うちの者の名札には、対応可能な言葉の国旗シールを貼っておきましたので、必要な際は声をかけてください」

そうして香山は、特に注意のいる卓にもチェックを入れ、更には自分の名札を見本として掲げてみせた。名前の下には、小さな国旗のシールが全種類貼られており、これは相手の社員のためでもあるが、一番は来賓が声をかけやすいように気を配ったものだ。

見れば中津川の名札にも同じように全種類のシールが貼られている。

他は、三カ国語から五カ国語だが、さすがに世界を回るセレブ相手の豪華客船に乗っていた桜には、中国語以外のシールが貼られていた。

　この様子に社員達にどよめきが生まれる。

「それから、本日は二社合同でのサービスになりますので、卓に専属は付けません。会場を横割りで三分割、基本五卓をうちから三、四名、そちらから三、四名の混合チームで対応する形を取ります。なので、経験差に関しては、チーム内で申告、前もって補い合える形にしておいてください」

　それからも香山の説明は続き、ホワイトボードに線を引いた。

　三チームにＡＢＣと名前を付けて、その場で香山配膳の者達を割り振っていく。

　Ａには響一、橘、菖蒲。

　Ｂには響也、中津川、飛鳥馬。

　Ｃには高見沢、小鳥遊、桜、ヒカル。

　経験と語学力、そして外見で嘗められないようにという配慮を含めた組み合わせのようだ。

「あとはチーム別で事前の話し合いをお願いします。支配人と私、こちらのチーフさんは全体を見て行きますので、何かありましたらその場で声をかけてください。以上です」

　そうしてここからは、社員側にもチーム分けをしてもらい、簡単に打ち合わせをしてもらう。

「アラビア料理との折衷《せっちゅう》か。初めてだな」

「ケバブ！　ケバブ！」

「こら、響也。変なところではしゃぐな」

　また、香山側からは、普段サービスをしたことのないアラビア料理に関することを社員達に聞くことで、お互いがフォローし合ってサービスをよりよいものにするのだという意識を持ってもらうように――と、前もって香山から通達済みだ。

だが、それを登録員達にさせるのだから、当然香山自身も気は遣う。

「先ほどは失礼しました。社長さんから、とても語学が堪能な支配人さんだとお聞きしました。改めて、よろしくお願いします」

仏頂面でミーティングを眺めていた支配人に、自ら挨拶をした。

パーティーを仕切るのに、あえて中津川を外して、彼やここのチーフを自分と一緒の立ち位置にしたのも、二社合同への気配りだ。

しかし、それだけに小競り合いをしたままスタートさせるわけにはいかない。

香山は最高の営業用スマイルと共に、握手を求めて右手を差し出した。

「ふっ、ふん！　わかればいいんだ、わかれば。それにしても、君と彼、専務だったかな？　相当語学が堪能なようだ。この場のすべてに対応できるなんて――。こう言ってはなんだが、配膳を仕事にするのは、もったいない気がするが」

下手に出てこられては、支配人も手を取るしかない。

それどころか、多少は大人げないことをしたという自覚があったのだろう。改めて香山と中津川の語学力に敬意を払ってきた。

これには、側で見ていたチーフも安堵すると同時に、クスリと笑っている。

「お褒めいただきまして、ありがとうございます。しかしながら、我々はよりよい接客を求めた結果、お客様とのコミュニケーションを取れる術《すべ》を学んだに過ぎません。なので、今のままこの仕事に従事し続けることが、一番だと自負しております」

「そうか。よりよい接客を求めた結果なのか――」

「はい」

それでも香山の口からはっきりとした信念を、そしてサービスに対する姿勢を目の当たりにすると、支配人だけでなくチーフも息をのんだ。

すでに三組に分かれて話し合いを始めていた社員達も、似たような状態に陥っている。

「ハビブ氏から社長を通し、是非一度君達の仕事を見てほしい。そして、学んでほしいと言われて、最初は反発してしまったが……。確かに心がけから違うのがわかる」

支配人は、チーフやそんな社員達の様子も目にしたからか、改めて利き手を差しだし、香山の手を取ってきた。

「今日は、私も勉強させてもらうよ。日本のおもてなしを。いや、香山レベルと呼ばれるサービスと信念をね」

その顔にははっきりとした笑みを浮かべてみせてくれたことで、香山もようやく心から微笑み返すことができた。

4

会場前のフロアにゲストが集まり始めたところから、香山の合図とともに迎賓が開始された。

三階までの吹き抜けとなっている長方形のパーティー会場には、その長手一面にアラビアンナイトを物語るような装飾がステンドグラスで施されており、日中は太陽光で場内に神秘的な世界を、また夜は場内の灯りで外観が照らされることで、ダウンタウンを彩る一枚絵となっている。

本日は、ステンドグラス側の一面を上座とし、円卓で五組を一列とした三列・十五卓が配置されていた。

そして、長手右の短手には生演奏のスペースとバックヤードへの出入り口。

左手にはフロアからの出入り口。

また、下座にあたる長手の一面には中に庭へ通じる出入り口が四つほど設置されているが、今宵はすべて閉じられている。

しかし、これはこれでアラベスク装飾が美しい扉を含めた一枚の壁画のようで、見応えがあった。

まさに新旧の建築技術の融合と贅を尽くした素晴らしい宴会場だ。各国から初めてここへ訪れた倶楽部迎賓館のＶＩＰオーナーズとその同伴者達からも、溜め息が漏れている。

「パリや東京もそうだけど、施設そのものは、間違いなく五つ星なんだよな～」

「そう言うなって、響也。だからこそ俺達が呼ばれたわけだし」

だが、それだけに香山は、響也と響一のぼやきを耳にすると、今にも苦笑が浮かびそうになるのをぐっと堪えた。

（本当にな――）

内心では同意しつつ、しかし顔には一切出さず。自然に見える微笑みさえ浮かべて、ゲストをテーブルへ案内していく。

するとハビブやアルフレッドが入場してきた。

彼らの同伴者として圏崎や響平、マリウスもいる。

「まーくん。うささん。お部屋に置いてきちゃったけど、大丈夫かな？」

「大丈夫だよ、響ちゃん。いーちゃんやめーちゃん達は、みんな優しいから。それにお世話係のＳＰさん達も、ちゃんと見てますからねって、言ってくれたでしょう」

「そっか！」

仮眠から目覚めたちびっ子達は、香山の目から見てもスッキリとした顔をしており、一丁前に正装姿でキメていた。

どちらかといえば、響也によく似た響平は、半ズボンの黒スーツに蝶ネクタイで、見るからに七五三ルックス。

ふんわりとした金髪に白い肌、澄んだ青い目に通った鼻筋を持つ北欧の美少年・マリウスは、詰め襟の白い儀式用軍服に赤いサッシュをかけて、胸には大小の勲章も付けている。

どうやらハビブは、マリウスを自分の友人であると同時に、一国の王子として参加させるようだ。

それだけ今夜の参加者達が、今後のマリウスと彼の母国によい影響を与えると踏んだのだろう。

この分だと、社交界デビューの予行演習も兼ねていそうだ。

「まーくん。キラキラ似合ってて、カッコいいね」

「響ちゃん、それ本当？　本当だったら、すっごく嬉しい！」

「へへへ〜っ」

だが、当のマリウスは、響平に褒められてニコニコだ。

今だけは一国の王子であるより、大好きな子のナイトでいたいというのが見てわかる。

ここまでのエスコートも完璧だ。

「あ、このテーブルだよ。響ちゃん、お席にどうぞ」

「わ！　それ響ちゃんがしようと思ったのに、されちゃった。でも、ありがとう」

「どういたしまして」

第二王子とはいえ、一国の王位継承権を持つ者として、また紳士として躾けられてきただろうマリウスは、気配りができるだけでなく献身的だ。

テーブルに用意されていた子供用の椅子を引くと、響平にそっと手を差し伸べている。

これにはハビブや圏崎、アルフレッドも顔を見合わせて驚いていたが、椅子引きをしようと構えていた若い社員からすれば、完全に空振りだ。サービスマンとして立場がない。

それこそ同チームにいて、ハビブの椅子引きをしていた響也にポンと腕を叩かれて、「ガンバ！」と励まされてしまう。

だが、肩を落としつつも、素直に「はい」と答えて頷いていた社員を見ると、これはこれで交流を深めるきっかけになったようだ。

見れば、他のゲストを案内しつつ、様子を気にしていたらしい中津川や飛鳥馬も安堵しているのがわかる。

（これなら、ひとまずは乗り切れるか。いや、乗り切るしかないんだが――）

香山は今一度気持ちを引き締め、自分からも率先してゲストに声をかけて、椅子引きをした。

するとどこからともなく複数の視線が集まり、自然と溜め息が漏れる。

周囲のスタッフと違わぬ黒服姿。

しかし、だからこそいっそう際立ち、凛として見えるのが、香山晃という男だったからだ。


ＶＩＰオーナーズとその同伴者達が着席したことで、食事会は予定時刻通りに開始された。

司会進行は当館を預かる社長が自らマイクを待ち、最初に貴賓館ドバイの最大出資者として、ハビブを紹介する。

また、紹介されたハビブは席を立ち、スタッフからマイクを渡されると、開会の挨拶をした。

この間に香山は響一達に目で合図。

サイドテーブルで、音を立てないようにシャンパンの抜栓をさせて、ハビブが話をしている間にゲスト達のグラスを満たして回らせる。

そしてハビブがアルフレッドを紹介し、マイクを渡してそのまま乾杯の挨拶と音頭を任せたときには、ゲストのグラスにはシャンパンや好みのドリンクが注ぎ終えられている。

このタイミングで主賓席のサービスをしていた中津川は、ハビブがアルフレッドと入れ違うようにして着席したのを測って、彼のグラスにシャンパンを注いだ。

会釈とともにテーブルを離れる。

そうして一連のサービスが流れるように進んだのを確認してから、香山は再び響一達に視線を送った。

すでにバックヤードには、皿盛りされたオードブルがキッチンから届いている。

これを一人が三枚を手にして、出入り口を隠すように置かれた屛風の陰に待機した。

場内では、新たな仲間を歓迎するオーナーズからの拍手の中、アルフレッドが簡単な挨拶を終えてグラスを掲げている。

「それでは倶楽部貴賓館とオーナーズ、そしてご家族様の前途を祝して――乾杯」

アルフレッドが着席したと同時に、響一が一礼して場内へ進み、あとに続く響也たちが一列から三列に分かれて、オードブルの配膳が始まる。

これらはすべて香山の指示通りであり、普段からしている仕事だ。

実力や経験に差のある社員スタッフも、チームを組んだ響一達から事前に細かく指示をされていたためか、動きが揃っていてスムーズだ。

そして、一度配膳のペースができてしまえば、オードブルからスープへ、スープから魚料理へ進んでも、流れが乱れることはない。

中には、昨日ゲストからアドバイスを受けていたばかりという新人社員もいたが、そこも同チームにいる香山配膳の者達がしっかりカバーをしており、何の問題も感じさせない。

これには香山と一緒にサポートに回っていた支配人も驚きが隠せないでいる。

フロア内を回りつつも、ドリンク類が置かれたサイドテーブルへ寄った香山に声をかけてきた。

「コースメニューの節目ごとにスタッフの動きを揃えるだけで、こんなに優雅でゆとりあるものに見えるんだね」

「そうですね。宴会とレストラン、コミ・ド・ランとシェフ・ド・ランを比べたときに、もっともわかりやすい違いですね」

新しい赤ワインのボトルを手に、香山が微笑を浮かべる。

「粗相がなければいい、一人一人が仕事をしていればいい、というわけではないということか」

「それはどのようなサービスであっても基本ですが。それでもレストランなら、ここまで目立つことはないと思います。ただ、宴会場はどうしても、ね」

話しがてらであっても、香山の両手はスムーズに抜栓を行い、視線は説明をするように場内へ向けられた。

スタッフが常に行き来をしている状態は、レストランも宴会場もさして変わりはない。

しかし、テーブルごとに進行していくレストランの食事と、宴会場全体が予定された時間内に目的と食事を同時進行させていくのとでは、根本が違う。

シェフと客を繋ぐのか、厨房と会場を繋ぐのかで、客からの見え方も違うのだから、サービスの仕方を変えていくのは当然のことだ。

その事自体は支配人も、ここの社員もわかっているだろう。

ただ、理解していることを、どこまで体現してゲストに魅せるかという基準が、香山とは異なる。

場の空気を作るスタッフの動きや言葉遣い、サービスの一つ一つに至るまでを料理の一部として考え、気持ちよく提供することに徹している認識の高さ、そしてそれを十分に発揮できる技術力の高さが、同業者に「香山ランク」と言わしめるのだから——。

「なるほどね」

感慨深そうに頷く支配人に、香山も相づちを打つ。

そして、手にしたワインボトルと共に、フロアへ戻ろうとしたときだ。

【支配人。二番テーブルのお客様が、ペルノ・リカール・ペリエ・ジュエをご希望されているのですが】

香山にも会釈をしてきた新人社員が、指示を求める。

【ペルノ？】

「ジャミール様ですか？」

銘柄を聞くと同時に、香山が依頼主を言い当てる。

「あ、ああ。どうしてそれを？」

「ミーティングのときにチーフさんから、当施設常連オーナー様の嗜好品を確認させていただきました。なので、こちらに準備させてあります。ただ、抜栓の判断は、支配人にお任せできればと思っていたので」

そうして香山は、サイドテーブルの下段に準備していたボトル専用セラーに視線を向けた。

ボトル一本が収まる卓上電気セラーには、稀少で高価なシャンパンやワインが三種、三台にスタンバイされている。

だが、このセラーが支配人には見覚えのない品だったのだろう、一瞬だが眉を顰《ひそ》めた。

「すみません。このセラーは、今日の依頼を受けたときに、備品リストを見せてもらったのですが、置いていないようでしたので、購入するように指定させていただきました。うちにはソムリエの資格保持者もいますので、それぞれ適温で提供できるように設定してあります」

「――そうか。わかった。細かなところまで、本当にありがとう」

香山はざっくりだが説明をすると、一礼してからワインボトルを手にフロアへ戻った。

（機嫌を取る以外でも、支配人にホールへ入ってもらったのは正解だったな。いくらセレブオーナーズの食事会だと言っても、どこまでが会費で、どこからが実費なのかはっきり教えてもらえていないのに。富裕層限定販売のヴィンテージ・シャンパンの抜栓なんか、自分の一存ではしたくない）

いつオーダーが入ってもいいように準備だけはしておいた。

だが、あそこで香山がペルノに手を出さなかったのは、こうした判断からだ。

これが懐事情や性格を把握しているハビブからのオーダーなら、自身の一存で抜栓ができる。

しかし、どんなに地元の名士らしいセレブの嗜好品であっても、初めて接客するときには、用心するに越したことはない。

（さてと――）

そうして香山が手にした赤ワインで、空になりかけたグラスを満たして回り終えたときだった。

【あ、君。ちょっと】

二番テーブルの男性客から声をかけられた。

記憶に間違いがなければ、ジャミールだ。

【はい】

【息子が手洗いへ行って、だいぶ経つ。ここへは初めて連れてきたから、もしかしたら迷っているのかもしれない。ちょっと見てきてくれないか】

声をかけてきた六十前後の男性の前には、抜栓されたペルノが置かれていた。

同席した者達に振る舞ったようで、すでに残りは四分の一ほどになっている。

【ご子息様と申しますと、サイード様でよろしいですか？】

【おお！　ここでは初めて見る顔だというのに、名前を覚えてくれていたのか。そうだ。サイードだ

よ。よろしく頼む】

【承知しました】

香山は快諾すると、あえて他の社員には頼まずに、自ら動いた。

息子捜しを頼んできたのは、地元のオーナー会員・ジャミールで間違いはない。

ここで手の空いていそうな社員を動かし、機嫌を損ねたら、そのほうが面倒ください。

何より自分が少し抜けたところで、場内は中津川達が常に目を光らせている。

そうした安心感があるので、香山はロビーへ出るとまずは辺りを見回した。

（――彼かな？）

すると、会場の出入り口とは反対方向へ視線を向けて立つ、大柄な男性の姿を目に留めた。

白装束に身を包んだ姿から、アラブ男性であることは一目瞭然だ。

【失礼ですが、サイード様でいらっしゃいますか？】

香山が足早に近づき、声をかけると、【そうだ】と言いながら振り返る。

すると、三十半ばぐらいのアラブ男性・サイードが、香山の顔を見るなり満面の笑みを浮かべた。

その瞬間、嫌な予感が起こると同時に、香山の背筋に悪寒が走った。

サイードが一輪の赤いバラを差し出し、無理矢理手渡してくる。

【一目であなたに恋をしました。僕の恋人になってください。僕にはあなたが必要だ。今すぐあなたと結婚したい！】

そう言うと抱き付き、告白からプロポーズまでを一気に捲し立ててきた。

これには香山も慌てる。

【いや、ちょっと待――っ！】

たとえ相手が客であっても、手渡されたバラと共に全力で振り払う。

だが、サイードは香山よりも体格がよくて力が強かった。

プロレス技かと思うほど、ビクリともしない抱擁には焦りが増すばかりだ。

（やばい！　啓に迷惑をかける‼）

「叔父貴！」

しかし、告白から三秒もしないうちに放り出したバラを手にする響也の声が聞こえ、同時にサイードは何者かに肩を掴まれ、引き離された。

【サイード様。お連れのジャミール様が、先ほどからお席で待ちですよ】

【……っ‼】

（啓！）

驚くサイードを香山から引き離したのは、怖いくらい満面の笑みを見せる中津川。

しかも、同時に香山の腕を掴んで、サイードから引き離したのは、SPを従えたハビブだ。

声を上げた響也は、今にも噛みつきそうになっているのをアルフレッドに止められ、口までしっかり塞がれている。

【サイード。香山はこの俺がわがままを言って、わざわざ日本から来てもらったサービスマンだ。こんなところで仕事の邪魔をされたり、口説かれたりするのは面目丸潰れなんだが】

【は、ハビブ。なんのことだ。俺は別に……っ】

【遠い昔のこととはいえ、今のあんたとまったく似たようなことをした俺の目は誤魔化せないって。

そして、それ以上に、この男の目はもっと誤魔化せないし、侮れないんだよ】

ハビブが中津川をチラリと見る。

【サイード様。彼にはすでにパートナーがいますので、ここは納得してお席のほうへ。万が一騒ぎになれば、共謀されたジャミール様もお立場をなくされることになりますよ】

【なっ！】

【あ、ジャミールにも伝えておけよ。ここの支配人やスタッフはどうだか知らないが、香山はペルノ一本どころか、一ダースでも靡《なび》くどころか気にも留めない男だ。何せ、全財産を積んでアタックしても、お友達以上にはなれなかったセレブが世界中にいる。そんなことも知らずに、ちょっかいをかけるなんて、世間知らずを自白しているようなものだからな】

【――】

二人から畳み掛けるように言われて、サイードが黙る。

中津川に注意をされたくらいなら刃向かったかも知れないが、ハビブはアラブ系セレブの中でも突き抜けた資産家にして実業家だ。

側には米国の不動産王と呼ばれるアルフレッドまでいる。

さすがに敵に回すことはできないと判断したのだろう。ましてや父親の名前を出されて釘を刺されたのだから、この場は引くしかない。

【さ、お席のほうへ】

サイードは、中津川に誘導されてパーティー会場へ戻っていく。

香山は、二人の後ろ姿を見送りながら、ハビブとそのＳＰ達、またアルフレッドや響也に「ありがとう」と言って会釈をする。

するると、代表してハビブが「どういたしまして」と返事をしつつ、フッと笑った。

「それにしても。中津川は相変わらず、すごい嗅覚というか。いや、あれはもう探知機だな」

響也に目配せをしながら、仕事へ戻ろうとした香山の足が止まる。

「なんのことだ？」

「香山に一目惚れをして、行動を起こしそうなやつを見つけ出す能力のことだよ」

ハビブがメモを取りだし、香山に差し出した。

響也が一緒に受け取ったそれを覗き込む。

すると、そこにはジャミール親子と、他三名の男性ゲストの名が綴《つづ》られていた。

「!?」

香山と響也が顔を見合わせる。

「中津川は、香山のことを見る男の目線だけで、ピンとくるらしい。迎賓を終えたところで、悪いけど――って、こいつを渡されたんだ。一人ならともかく、複数だと同時に動かれたら対応が間に合わない。登録員を使ってもいいが、サービスが疎かになっても困るし、何より響一や響也にバレたら大騒ぎになるからって」

ハビブの話を聞くうちに、響也が「あ！　あれか」と、思い出したように漏らす。

スタンバイ前にアラビア語のことで支配人から嫌みを言われ、香山がガッツリやり返していたにもかかわらず、中津川はまったく見ていなかった。

それどころか、響一が話しかけても上の空だったが、ようはあのとき中津川はフロアを行き来するゲストを見ていた。香山を目に留め、気にしている者の視線を察知していたのだろう。

響一や響也達に「あとで説明する」と言ったのも、マークされたゲストへの意識を強めないためだ。

「それでハビブやSPまで現れたのか」

「まあ、そういうことだ。ただし、響也は野生の勘で追いかけたみたいだけどな」

「申し訳ない。この借りは――」

響也は「へへっ」と笑っていたが、香山は肩を落としていた。

中津川がそうした判断をしたことに異議はないが、香山からすればハビブやアルフレッドだって今夜のゲストだ。たとえホストの立場であっても、彼らにはパーティーに集中してもらうことが自身の仕事だからだ。

「いや、礼だけで十分だ。俺は中津川に頼まれて動いただけだし、菖蒲が知ったら、そんなの頼まれなくても黙って動けと言われるだけだ。何せ、香山は俺の最愛のパートナーのボスだ。身内を助けるのに借りも貸しもない。そうでなくても、ベストな仕事環境を用意することこそ、俺の義務だったのに。申し訳ない限りだ」

しかし、ここでハビブのほうが謝罪し、香山に頭を上げさせた。

彼の立場からすれば、先ほどサイードに言っていたことがすべてなのだろう。

「そうか。なら、お言葉に甘えておくよ」

「そうしてくれ。というか、そもそも仕事中の相手をナンパするような奴が、オーナーズ会議に出席することが間違ってる！　なんのためのサービス向上会議だかわからない。これに関しては、マジで反省――。いや、後悔をしてもらわないと、示しもつかないからな」

そうして憤慨も露わにすると、ハビブは香山達に「戻ろう」と合図し、会場内へ足を向けた。

(すっかり大人になったな。菖蒲の手綱捌《さば》きもいいんだろうが——)

ハプニングには見舞われたが、ハビブが若い頃から知っている香山からすれば、これはこれで時の流れと成長を感じる出来事になった。

＊＊＊

中津川の機転で騒ぎになることもなく、この日のパーティーは無事に終了した。

送賓をした時点で、支配人やチーフからは「お疲れ様でした」「どうぞ、お部屋でゆっくりされてください」とアップを勧められる。

しかし、そこは香山の判断で、片付けてから明日のミーティング会場のスタンバイまできっちりこなした。

ハビブのわがままとは言え、ここでの仕事は破格の価格で引き受けてきた。

それも香山ランクと呼ばれるサービスを見せてほしいという依頼だ。

ならば、スタンバイから片付けまで、すべてを共にしてこそ、この場の社員達にも見せられるというものだ。

ましてや、準備や片付けの中には、ベストな接客をするための仕込みや気遣いがふんだんに盛り込まれている。

直接ゲストに接することだけがサービスではないことを明確にするためにも、香山はあえて最後まで社員達と働き、ミーティングで締めくくることにした。

そして、Ａ・Ｂ・Ｃと組分けされた響一達に一緒に動いた社員達へ良いところと改善すべきところをコメントさせ、また自身は全体を見たときに目に付いたことなどを話してから、解散としたのだ。

だが、こうした香山の仕事は、その後の社員達に再度ミーティングを開かせた。

【たった数時間、一緒に仕事をしただけなのに。俺達の動きを完全にコントロールしただけでなく、個々に適切なアドバイスまで出してくれるなんて】

【チーム分けされたリーダー達なら、まだそれもわかるよ。けど、香山社長はフロア全体を見て回っていた。なのに、さりげないところで接客のアシスタントやアドバイスもしてくれた。けど、それを終了後まで、個々に覚えてるって？　何？　どういう記憶力？】

着替えに戻ったロッカールームでの立ち話だったが、誰もがこぞって湧き起こる感動を口にしたのだ。

これには、その場で一緒に着替えていたチーフも微笑を浮かべた。

いきなりの香山導入はハビブのごり押しだったことに間違いはない。

しかし、彼の「一度でも一緒に仕事をすればわかる。言葉だけでは説明ができない、最高のサービスだ」という主張が間違いなかったことを、今こそ実感していたからだろう。

【パーティーの後半には、俺達全員の顔と名前が一致していた。俺からしたら、日本人なんてみんな同じ顔に見える。ってことは、俺達だって同じ顔に見えて不思議がないのに、どうしてたかが数時間で見分けられるんだ？】

【それを言ったら、ドリンク補充と称して全卓を回っていたときには、ゲストの顔と名前も覚えてる

感じだった。さすがに全部ではないだろうが、ミーティングのときに注意を促したゲストの連れなんかは、完璧だった気がする】

【そこは、チーム分けされたメンバーも、きっちり覚えてたよな。響一は〝最低でも担当するテーブルのゲストの顔は乾杯までに覚えたほうが仕事もしやすいですよ〟って言ってた。眩しい笑顔に完璧な仕事。しかも、香山社長の甥で登録メンバー内でもトップにいるってことは、次期社長なのかな？　惚れる〜っ】

中には勢い余って、芽生えたばかりの恋心まで口にする者もいた。

【それを言ったら、響也だ。ケバブ、ケバブって。ゲストのお子さん達まで盛り上げてて、可愛かったな〜】

【やめておけ。気持ちはわかるが響一のパートナーは圏崎亨彦だし、響也のパートナーはアルフレッド・アダムスだ。そうでなくても仕事中の香山社長を口説いたサイード様と、その手助けをしたジャミール様は、今夜で会員ランクの降格確定だ。トップクラスのセレブでさえだ】

しかし、この手の話にはすぐに待ったがかかった。

こうした話は、どこからでも流れ、また広がるようだ。

【あ……っ】

【香山ランクって、もはや次元が違うんだな】

【仕事以上に本人達がな】

着替えを終えた頃には、打って変わって社員達から笑顔が消えていた。

これらを見ていたチーフも、人知れず肩を落として、溜め息をつくこととなった。

一方、本日の仕事を終えてゲストルームに戻った香山のメンバーは、ちょっとした打ち上げと称して一番広いVIPルームへ集まっていた。

しかし、香山だけは明日のオーナーズ会議にも同席を求められていることから、中津川の意見で自室へ戻った。

本当ならば、久しぶりに会うメンバーもいるので、香山は一緒に盛り上がりたかった。

だが、彼らも全員、今日は仮眠程度でこちらまで来て仕事をしている。

明日は揃って観光に出向く予定もあり、そこまで長くは騒がないだろう。

何より、「ゆっくり話がしたいなら、帰りの機内でもできるよ。全員、一緒なんだから」と中津川に諭された。こうなると従うしかないのは、いつものことだ。

香山は部屋へ戻ると、中津川に言われるままダウンタウンが一望できるジャグジーバスへ直行した。

間接照明とバスライトだけが点る空間は、これだけでも幻想的だ。

香山は心地好い気泡に身を委ねながら、「ふぅ」と溜め息を漏らす。

かえって気分が上がってきてしまい、このまま寝るには惜しくなる。

「――晃。リビングにセットされていたサービスのシャンパン、ジャミール氏からの差し入れだったよ」

そこへバスローブに身を包んだ中津川が、先ほどのお詫びと称してジャミールから届けられていたらしい、ペルノ・リカール・ペリエ・ジュエのボトルを持ち込んだ。

「本当かよ」

「席まで送ったときにお詫びの話をされたから、必要ないって言ったんだけどね。向こうとしては、何かしないと気が休まらなかったんだと思う。ハビブに相談して、これにしましたってメモが添えられていたから。あ、フロント経由だけど御礼を言付けておいたから」

「ありがとう。まあ、ハビブが知ってるなら、もらっておいても問題はないだろう。あ、抜いて抜いて。せっかくだから、いただこう」

香山に急かされ、中津川が心地好い音を立てて抜栓をした。

二人分のグラスに、淡い黄色に輝く液体が注がれ、その様子を香山がジッと見つめる。

「七カ国限定販売。それも限られた購入者にしかオーダーが許されないヴィンテージリキュール使用のオリジナルシャンパンか。そもそもドバイは、この七カ国には入っていないから、オーナーの誰かの厚意で、ここにも置かれているんだろうが……。それにしたって、このシャンパンの売りは、購入者がドザージュを選びカスタマイズ出来ることだが――。飲むのは何年ぶりかな？　赤坂プレジデントの本社に招かれて、出向いていったときか？　あのときは社長が趣味でオーダーしたのを味見させてもらったが。これは誰の好みなんだか――」

いったんグラスを香山に預けた中津川が、ローブを脱いで隣へ入った。

改めてグラスを手にし、どちらからともなく「お疲れ様」と乾杯をする。

香山は、最高のシチュエーションとサービスで稀少なシャンパンを香りから味わう。

だが、中津川もそうだが、何を飲むにしても最初から楽しむことはない。

特に初めて口にするもの、また久しぶりに口にするものなどは、自身の舌と嗅覚で個性を分析し、今後いつ誰に聞かれても答えられるように記憶をしていく。

なので、純粋に楽しむのは二杯目からだ。

いつもなら――。

「せっかくだし、響一達にも味見をさせたいな。今後、他で飲み比べる機会があるかどうかはわからないが、経験にはなる」

さすがに入手ルートが限られている、それもオリジナルのシャンパンだったからだろう、香山が真顔で言った。

すると、中津川がフッと微笑みながら、香山のグラスに二杯目を注ぐ。

「ハビブのアドバイスで、同じものが差し入れられているから大丈夫だよ。きっと今頃、晃をナンパした勇者親子に乾杯して、盛り上がってるんじゃない？」

「は⁉　いっときの気の迷いだろうに。バカ高いナンパ代になったものだな。仕入れでも一本単価で六、七十万だろうに」

夢のような世界にいても、常に現実的な話が交わされる。

それは二人にとって、これが普段通りであり、現実の世界だからだろう。

シチュエーションや稀少シャンパンこそその時々だが、香山自身が最高だと思うサービスを惜しみなく提供してくれるのは、常に中津川だ。

彼のサービスの前には、どんな贅沢さえ霞《かす》んでしまう。

そしてそれは、中津川にとっても同様で――。

「そう？　確かに高い勉強代にはなったと思うけど、彼の目は確かだよ」

「ん？」

「一目で香山晃の素晴らしさを見抜いたんだからね。彼がその目の確かさを今後に活かせれば、お家は安泰なんじゃないかな？　少なくとも晃に一目惚れをした者達は、ハビブを始め出会ったとき以上に大成しているからね」

香山は、恥ずかしげもなく褒めちぎる中津川の言葉にこそ、酔いそうだった。

カッと頬が染まったのは、ジャグジーバスのせいでもなければ、シャンパンのせいでもない。

常に一番近くでグラスを傾ける男のためだ。

「――さ、残りは寝室で飲もうか。ここで逆上《のぼ》せたら大変だ」

（なんで火照ってるのか、わかってて言うんだよな）

そうしてバスローブを羽織ると、二人はシャンパンやグラスを手に、間接照明だけが点る寝室へ移動した。

四柱と薄絹に囲まれたキングサイズのベッドのサイドテーブルには、すでにシャンパンクーラーとカナッペが用意されている。

どこまでがジャミール親子の配慮なのかはわからないが、ここにセッティングをしたのは中津川だろう。香山は「用意周到だな」と笑う。

「先に少し揉もうか？」

だが、そんな香山に中津川はベッドへ横になるように言ってきた。

どうやら何の気なしに肩を回したのを見て、香山の体調に気付いたようだ。意識を向けてみると、確かに肩から腰のあたりが張っているのがわかる。

「あ、うん。せっかくのペルノだけど――」

香山がグラスを手放すと、中津川はすぐにシャンパンの再栓をし、クーラーへ戻した。

そして、薄絹を分けたベッドへ香山が上がる間に、荷物の中からベビーオイルを持ってくる。

どうやら肌が敏感なのは、響一の当てずっぽうでもなかったようだ。

香山は何を言われるまでもなくバスローブを開き、上半身を出して俯《うつぶ》せになる。

「触るよ」

「ああ」

香山の横に中津川が腰をかけると、オイルで濡れた両手が湯上がりの肩に触れた。

いったん手中で人肌に温められたオイルで、ひやりとすることもない。

そうして、慣れた両手が肩から肩甲骨に触れて、撫でるようにしながら部分部分を押していく。

（――天国）

香山の口角が自然と上がる。

「ここのところも忙しかったし、やっぱり機内の仮眠だけじゃ足りなかったね。大分疲れが溜まってるみたいだから、朝一でマッサージを頼もうか？」

「いや、いい。どうせ合わないから」

すでに湯船で温まっているので、揉《も》むと言ってもオイルと指圧で血行を促す程度だ。

この絶妙な緩さが、香山にとっては最高に気持ちがいい。

しかし、うっとりしながら発した言葉に対して、中津川は「合わない？」と、不思議そうに首を傾げる。

「周りから勧められて、何度か試したけど、結局〝啓にやってもらえばよかった〟になったから。なんでだろうな？」

「それは光栄だ。尽くしてきた甲斐がある」

答えを聞くと、中津川が声を弾ませる。

会話をしながらも手が止まることがないのは、まさに尽くしの表れだ。

ただ、肩周りから背筋が気持ち良くなってくると、香山はハッとして振り返る。

「それより、啓は？　疲れが溜まっているのは同じだろう。むしろ、俺以上にゲストに目を光らせて、神経を使っていたのは啓のほうなんだし。今からでも頼む？　俺が揉むと、また揉み返してもらうことになりそうだし」

「え？　いいの。焼きもち焼かない？」

上体を捩りながら振り向いた香山に顔を近づけるように、中津川も身を乗り出す。

仕事では後ろへ流している黒髪が艶めいた目元にかかり、香山をドキリとさせる。

「焼きもち？」

「昔、ホテル側の好意で一緒に施術を受けたとき、様子を聞かれて〝気持ちいいです〟って答えたら、一日不機嫌になったじゃないか。あれ以来、事務所の二軒隣のおじいちゃん先生のところにしか、通わなくなったんだけど」

「は？　え、俺が⁉」

「――嘘。本当は逆」

突然言われたことに戸惑うも、香山はそれが嘘だと聞かされ、かえって驚く。

すると、これを見た中津川が、たった今肩や背を撫でていた利き手で、香山の鎖骨をスッと撫でた。

瞬間、背筋に震えが走るも、身体が中から火照り出す。

香山の意識とは関係なく、彼の手に慣らされた肉体が、極上な誘いと捉えてしまったようだ。

「あのとき俺は、こんなことさえ許せない男だったんだって、自分でも衝撃を受けたからね。でも、どう考えても晃に触れて許せるのは、身内と医者と美容師が限界なんだろうなって悟ってからは、こうしてできる限り自分ができるようにしたんだ」

心情を明かす中津川が、いつになく自虐的な表情を見せる。

香山はいっそう、双眸を見開く。

「何、驚いた顔をしてるの。今更だろう」

「いや、至れり尽くせりなのはわかっていたけど、束縛だとは思っていなかった。そんな風に感じたことはなかったし。俺自身、かなり自由人だなと思ってるから」

上体を起こして、面と向き合う。

さらっとすごいことを自白されているのに、まったくそうとは思えない。

何をどう考え、これまでの生活を振り返っても、香山は中津川との関係にストレスを感じたことがない。

極たまに、仕事絡みの話でヒートアップすることはあるが、それでも内容が現場のことなら中津川が譲るし、経営に関わることなら香山が譲る。

どこまでも中津川が譲らないときは、香山や登録員に負担がかかりすぎる、彼の許容が確実に超えるというときだけなので、そういう説得をされれば香山も折れる。

だが、これがストレスになるのかと聞かれれば、まったくない。

むしろ、香山からすれば、ここまで自分がノーストレスで来ている反動は、すべて中津川が受けているのでは？　と、改めて不安になってくるほどだ。

「晃の言う自由は、仕事に関わることは思うようにしてきた――っていうのがほとんどで、プライベートに関してはたまに何が食べたいな――くらいだろう。あとは、実家に帰って甥っ子達を構いたいとか、それ以外はすべて俺に任せてくれているからね。普通なら、もっと好き勝手にさせろって暴れると思うよ」

だが、香山が面倒がって丸投げしている部分を引き受けること、すべて自分が決めていることが、中津川にとっては「束縛」なのだ。

もともと面倒見の良い性格であり、手間暇も惜しまない上に段取りもいいので、本人的にはストレスにならないのかもしれない。

それにしたって満足そうだ。今もクッと口角を上げると、香山の頬にキスをしてくる。

同時にバスローブの合わせから覗く中津川の胸元が、香山の欲情を掻き立てる。

「――ようは。ず～っと俺は啓の掌の上で好き勝手していただけか」

不満はないが、ちょっと悔しくなり、香山が唇を尖らせる。

いい歳の大人が――と、わかっているようなことは、いつの頃からか中津川の前でしかやらなくなった。

しかし、それは中津川も同じだ。

そう考えれば、これはこれで香山も中津川のプライベートは束縛していると思う。

「俺の手はそこまで大きくないし、広くもないよ。無意識なんだろうけど、晃が俺に合わせてくれているだけだと思う」

「物は言い様だな。けど、そうだとしたら無意識じゃない。俺は常に居心地のいい場所を選んで生きている。きっと、啓の手の届く範囲でなら、絶対に嫌な思いはしないって、本能的に察して、ここをテリトリーにしているんだと思うから」

今度は香山から手を伸ばして、ここと称した中津川の胸元に触れる。

世界で一番安堵し、安らげる場所だ。

「晃」

「あ、ちなみに啓のマッサージも、俺かおじいちゃん先生だけにしろよ。想像したら、俺も無理だわ。どこの誰であっても、啓が俺以外に〝気持ちがいい〟なんて台詞吐くのは許せない。この際だから、今後はおじいちゃん先生でも〝はい〟って相づちだけにしてくれ」

そうして、束縛や嫉妬心なら、香山のほうがよほど強いことを明かしながらバスローブの襟を掴む。

これが誘惑になることは、百も承知だ。

恥ずかしさよりも今すぐ火照り始めた身体を鎮めたい、湧き起こる欲求を満たしたい衝動が勝っているからだ。

「了解。でも、平気？」

「明日は会議だけだし……。たとえ披露宴がトリプルでも、今欲しい気分」

「それは嬉しい。俺も一緒だ」

中津川が今一度身を乗り出して、唇を合わせてくる。

これはもう何十年と、お互いしか知らない感触であり、湧き起こるときめきだ。

「晃……」

ベッドへ腰をかけていた中津川が、香山の身体を倒しながら覆い被さっていく。

それを迎える香山の両手が、中津川のバスローブを開けて、肌を重ねる。

「――んっ、んくっ」

じゃれ合うような抱擁で、いっそう身体を火照らせながら、互いに唇を求め合う。

そして、濡れた舌先が深く浅く重なり絡み始めると、すでに乱される衣類もないが、下肢を包んでいたバスローブが解けて、急に羞恥心が起こる。

「――っ」

しかし、高鳴る胸の鼓動を煽るような口づけが、唇を離れると白い首筋へ、そして胸元へと滑り落ちて、わずかな羞恥心さえ欲情に変える。

「綺麗だ、晃」

ぽつりと呟く中津川の声が、聴覚をも刺激し、香山をこのひとときに耽溺させる。

彼に触れられると肌が悦び、その悦びが香山自身の欲望を膨らませ、次第に漲らせていく。

そして、香山が示す快感が、重なり合う中津川自身を焚き付け、その力強い存在感がますます香山の欲情を奮い立たせる。

「さすがにもう……。いくつになったと……」

香山は照れくさそうに言葉を返し、あえて視線を中津川から逸らした。

こんなつもりでベッドの上に置いていたわけではないだろうが、側にベビーオイルの容器があるのはわかっている。それを手にし、中津川へ向けたからだ。

〝今夜は丁寧な愛撫はいらない。早く欲しい〟

言葉にせずとも伝わる強烈なシグナルだ。

だが、さすがに面と向かっては、渡しにくかったのだろう。

容器を受け取る中津川の目が、いっそう愛おしそうに香山へ向けられる。

「生きてきた年数が衰えになるなら、セレブに一目惚れなんてされないよ」

中津川が片手で容器の蓋を外す。

どんなに顔ごと視線を逸らしたところで、香山には気配だけですべてがわかる。

ほんの少しだけ身体を浮かせ、愛撫を中断する中津川は、先ほどとはまるで違う気持ちでオイルを掌に取るのだろう。

しかもその目からは、次第に日頃の穏やかさが薄れて、秘めた本能が現れる。

香山がゾクゾクするような雄の一面だ。

「一生自覚はしてくれないと思うけど――。晃は綺麗だし、その魅力を最大に引き出しているのが黒服姿だ。俺は一生、目を光らせていないと、気が気でない」

先ほど同様、人肌まで温められたオイルを取った中津川の利き手が、香山の下肢を割ってきた。

(あ……っ)

自ら脚を開き、密部へ招く瞬間は、未だに下肢に力が入る。

内股に触れる彼の手に、そして香山自身を撫でながら奥へと進む指先に、悦ぶ自分が例えようもなく淫らに思えて、反射的に閉じたくなるのを引き止めるのだ。

今更馬鹿げた葛藤だと思うが、本能は正直だ。

（――んっ、っ）

それでも濡れた利き手が秘所を撫で、窄みを探ると、すでに快感を知り尽くした肉体と煩悩が本能さえもねじ伏せる。

ゆっくり差し込まれる長い指に肉癖が纏わり付くように収縮するのは、悦びの証だ。

香山から艶やかな溜め息が漏れる。

「まあ……、昔から黒服は五割増しよく見えるって言うしな……っ」

他愛もない会話を続けながら、次第に腰がうねり出す。

オイルを塗り込める指が中で行き来をする度に、下肢からも力が抜けていく。

自然と右膝が立って、もっと奥に触れて――と、誘う。

「そういうことじゃないんだけど」

「ん？」

我慢できずに振り返る。

丁度会話も合ったので、香山は首を傾げてみせた。

すでに紅潮した頬が、僅かに開いた唇が、何より早くと強請る眼差しが艶めかしい。

これだけでも中津川を急くには十分だろうに、暖色の間接照明が作る陰影は、まるで映画の一コマを観ているような気持ちにさせた。

「けど、何も纏わない晃が一番いいっていうのは、俺しか知らないことだから」

香山をかき乱す指が引き抜かれて、中津川が自身で密部を探り込んでくる。

「――んっ」

オイルに濡らされ、指でほぐされた窄みに押し入られるような衝撃を覚えるのは、最初の一瞬だけだ。香山は眉を顰めるも、すぐに中津川自身で満たされたことに「……あ」と、悦びの声を漏らす。

「これからも、見せないでね」

ゆっくりと、だが確実に香山を支配していく中津川自身の抽挿は、どんなに彼が紳士であっても獣の一面を実感させる。

抱かれる肉体も、快感に溺れていく精神も、何もかもが中津川の思うがままだ。

考えるまでもなく、香山からすればこれほど強い束縛はない。

「お前がそういうことを言うから……っ。俺は、響一達に誘われても……、温泉どころか……サウナさえ行けない……っ」

肉壁を擦り上げられ、身体の奥を突かれる度に、喘ぎ声が漏れそうになる。

そうでなくとも激しくなり始めた行為を受け止めるベッドマットの奏でる音が、耳に付くのに。

それもあり、香山はあえてぶっきらぼうな口調で話を返した。

乱れた呼吸交じりでは、かえって中津川の欲情を強めるばかりだというのに。

こうした会話が、分かち合う愉悦を長引かせることも知っているからだ。

「温泉ね――。家族風呂なら許可をするけど、今だと圏崎やアルフレッドも漏れなく付いてきそうだよね?」

香山の欲求に応じてか、中津川もクスクスと笑いながら、フィニッシュを先延ばしに持っていく。

「――!!　やっぱり止める」

だが、何に反応したのか、急に香山の中が締まった。

それは中津川だけでなく、香山自身も実感している。

「どうして……？」

「あいつらが付いてくるってことは、お前も付いてくるってことじゃないか」

自分でも呆れそうだが、香山は彼の肩へ置くに留めていた両腕に力を込めて、抱き寄せた。

「え？　駄目なの」

「——俺だけが知っていればいいのは、お互い様だから」

そして、普段は決して他人が見ることのない首元の小さな黒子《ほくろ》にキスをすると、そのまま舌を這わせた。

「っ……晃」

嫉妬深いのは中津川も香山も大差がない。

どんなに溺愛してきた甥っ子達にも、隠しておきたい自分だけが知る中津川がいる。

「そうだろう？」

そうして同意を求めると、香山は改めて中津川を抱き締め、彼自身を身体の奥深くまでのみ込んだ。

「——そうだね」

同意をした中津川もまた、今一度香山の身体を抱き締めると、共に絶頂へ向かうべく下肢に力を入れた。

5

翌日、オーナーズ会議に出席する香山とハビブ、アルフレッドの三人以外は、休暇扱いだったことからドバイのダウンタウン観光に出ることになっていた。

だが、中津川だけは会議のお茶出し指導と称して、ホテルに残った。

香山は「響一達と楽しんでくればいいのに」と言ったが、「せっかく来たんだから、最後までうちの仕事を見せないとね」と笑い、あえて黒服を纏ったのだ。

しかし、これが功を奏した。中には、たかがお茶出しに？　と、首を傾げるオーナーもいたが、されどお茶出しになったことは、誰の目にも明らかだった。

とにかく、昨夜のパーティーが最初で最後の指導であり、同じ現場仕事だと思っていた宴会課の社員達の志気が上がった。彼らにとっては、喜ばしいボーナスステージだったようで、程よい緊張感も手伝い、普段以上に背筋を伸ばすことになったのだ。

結果、一人一人の立ち振る舞いや間の取り方に、昨日までと違う落ち着きや品が出てきた。

サービスの不足や過度な押しつけのない、ベストなさじ加減に近づいたのだ。

そして、これが接客される側に心地好さを生み、評価を聞かれたときに星を一つ上げることになる。

中津川は、昨日の指導でモチベーションが上がったのはよいが、それが今後、行き過ぎたサービスに繋がることを危惧して、会議の場に入った。

場の空気の読み方や個々の要求の見極め方などを、簡単にではあるがレクチャーしたのだ。

そうして会議終了後、中津川は現場に立つ者達に、「今日の感覚は、宴会でもレストランでも活かせることだから。これからも、どうか心地好いサービスの提供を」と伝え、香山にも感想や評価を出してもらうことで、倶楽部貴賓館ドバイでの仕事を終了とした。

しかし香山のほうはオーナーズに対し、

「ここから倶楽部貴賓館すべてのサービスが向上し、四つ星、五つ星のホテルへと成長するように願います」

今のサービスレベルが彼らの思い込みに対して、厳しいようだが普通かそれ以下でしかない評価をした上で、激励を送って締めくくった。


慌ただしいスケジュールだが、香山一行はその日の夜にはドバイを発った。

再び十二時間近いフライトとなるが、アルフレッドが手配してくれたプライベートジェットは、自宅で寛いでいるように快適だ。来るときは一人だけ爆睡してしまい、ラグジュアリー機をまったく楽しめなかった香山も、帰りはリビングに身を置いている。

また、バラバラに現地集合したメンバーも、帰りは一緒。ハビブや菖蒲、桜やマリウス、何よりわんにゃん十六匹もいったん日本へ寄ってから帰国するとあり、とても賑やかなことになっていた。

ただ、さすがに連日の疲れが出たのか、発ってから二時間もしないうちに、響平とマリウスはベッドへ移動した。それにぞろぞろと付いていくうさの助やわんにゃん達も、二人のベッドを囲うようにして眠ってしまう。

こうなると、大人達は自由だ。

今夜は気兼ねなく、香山と中津川も交じっての飲み会になる。

「最後の最後に、叔父貴からここは星三つですねって釘を刺されたのは痛かっただろうけど、倶楽部貴賓館自体が、そもそもセレブ達の共有別荘としてスタートしてるから、経営者側の意識が違う。それがホテル事業を委託されている側にも現れちゃった結果だから、しょうがないよね。その改善のために、俺達も呼ばれたわけだから」

だが、どんなに心地好く飲んで食べても、彼らの話題は終えてきた仕事についての一択だ。

内容が内容なので、ハビブと圏崎、アルフレッドは少し距離をとって香山配膳のミーティングとなった飲み会話に耳を傾けている。

「けど、中にはプロだなって感じる社員さんもいたから、これを機に、そういう人達に合わせたレベルになれば、まずは星四になるんじゃない？　でもって、社員の足並みが揃ったところで、昨日今日で体感したことが〝普通のサービスなんだ〟って理解できれば、近い将来五つ星も夢じゃない。何せ、施設そのものは間違いなく五つ星なんだから」

同行してきたシェフの料理に舌鼓を打つ響也に、響一が否定と見せかけて肯定する。

彼らの評価も香山と同じ星三つということだ。

これに関しては、全員が相づちを打っているので、実際にホテル経営をしている圏崎には耳の痛い話だ。響一と出会った頃に、部下の配慮のない失敗から激怒をされて、「最低」と言われた古傷が疼いてくる。

「それにしたって、至れり尽くせりだよな、今回のスタッフは。俺なんか、社長や専務からは、お客様の立場や気持ちになったらいいんだよ――くらいしか教えてもらったことがないのに」

しかし、ここで高見沢がワイン片手に愚痴を零した。

「教えてもらったことがあるだけいいじゃないですか。俺なんか間違いなく〝心技は見て盗め〟な、昭和世代かっていう暗黙指導でしたよ」

微笑みを浮かべつつも、優が嚙みつく。

「優さんの場合は、いずれホテル・マンデリンの経営陣に入るための修業登録でしたからね。そりゃ、そういう指導になるんじゃないですか？」

「そうですよ。接客を知るためとはいえ、修業に行った高級ホストクラブから香山配膳に流れて、今は晴れてマンデリン・ニューヨーク勤めですから。そりゃ、聞く前に考えろ、察しろってなるのは、ある意味社長達の愛情ですって」

しかし、誰もが香山達から、懇切丁寧に指導されたことがない。

もともとホテル勤めで働く姿、接客への姿勢が認められたことで香山へ転職した者達ばかりなので、優に同情する者はいない。

それどころか、きっぱりと言い返した桜や菖蒲も「暗黙指導は俺達も一緒！　コネで登録員になっただけでも羨ましいですよ」「そもそもここ何十年も、香山配膳はスカウト以外では入れないんですから」と声を揃えていたほどだ。

これには香山や中津川も〝まいったな〟と顔を見合わせる。

ヒカルなど、専門用語ひとつ知らない素人から入り、それこそ優や周りからすべてを教わったのだから、顔を青ざめさせてプルプルしている。

「どうしたの？」

すると、これにいち早く気付いた中津川が声をかける。

「すっ……、すみません。俺、今更ですけど、すごい入り方したんですね。前職のマスターの口利きで、しかもド素人が……」

「それはそれだよ。香山配膳を熟知したマスターがススメてきたんだし。実際、今ではうちの戦力なんだから、もっと自信を持ってもらわないと」

「専務さん！　嬉しいですっ!!」

チワワやヒヨコに例えられるだけあり、安堵して喜ぶ姿さえヒカルはプルプルしている。

だが、この流れを見ていた響也が、話題を中津川へと切り替えた。

「――こうして改めて見ていると、意外に専務も人たらしだよね。今日の会議サポートにしたって、〝ジャミール様からのご好意へのお礼ですよ。昨夜は稀少な美酒の差し入れをいだきましたので、香山からの感謝の気持ちです〟とか言って、面目まで守ってあげたんでしょう。おかげで、ランク降格を逃れたらしいじゃん」

「変に恨まれても厄介だし、俺達までご馳走になったからね。人たらしっていう以上に、やっぱり機転や判断がすごいよ。叔父貴が惚れちゃうわけだよね！」

響一も一緒になって目を輝かせ、他のメンバーも同意を示すように力強く頷いている。

とうの中津川は、困ったように手にしたシャンパンに視線を落とす。

「ってかさ。どうして専務は、叔父貴を好きになったの？　その頃の叔父貴って、どんな感じだったの？　確か、高校から一緒だったんだよね？」

「――!?」

しかし、ここまで来ると話の勢いが止められなかったのか、突然響也が切り込む。

彼が生まれたときには、すでに付き合っていた二人なので、そのことに疑問を抱いたことはない。

あまりに自然なこと過ぎて、今の今まで馴れそめらしいことを聞いたことがなかった。

気にしたこともなかったからと言えばそれきりだが、その分一度気になり始めると止まらなくなる。

ましてや今は酒の席だ。これに乗じない手はないと思ったのだろう。

ただ、ここは香山が口を挟んだ。

「どうしたら、そういう話になる。くだらないことを聞くなよ」

「叔父貴には聞いてないだろう。俺は専務の気持ちが知りたいの！　確かに叔父貴は兄貴とそっくりだし、一目惚れって言われても納得するよ。けど、性格は大分違うじゃん？　それに、俺達にはわからない叔父貴の良さみたいなのを、専務なら絶対に知ってるんだろうしさ。ねぇ、専務！　この際惚気でもなんでも来いだから教えてよ。出会ったときの叔父貴のこととか、専務も最初はどう思っていたのかとか」

一言が、何倍にもなって返ってきたどころか、余計に響也の好奇心を煽ってしまったらしい。

円《つぶ》らな瞳をキラキラさせて、中津川に迫る。

しかも、口にこそ出さないが、香山以外の面々が同じような表情をして、中津川に視線を向けている。圧がすごい。

「しょうがないな」

そう言ってから、中津川が手にしたシャンパンを飲み干した。

形だけでも酔った勢いにしておきたかったのかもしれないが、すかさずお代わりを注いだのが、興味津々を隠さない響一だったことには笑ってしまった。

そして、「そうだね」と話し始める。

「当時の晃は、誰もが振り返る美少年だったけど、いつも眠そうだったよ。すでに学校帰りに仕事をしていたからだろうが、一部の生徒の間の中では〝眠り姫〟なんてあだ名までつけられて。でも、こういうのは、響一くんや響也くんと大差ないんじゃない？」

照れくさそうに、どこか嬉しそうに香山への第一印象や学校でのことを口にする。

だが、さりげなく二人に話題をすり替えようとしているのが、周囲の者達にはバレバレだ。

「え⁉　眠り姫？　叔父貴が姫⁉　魔女ならまだしも、姫⁉」

「ちょっと待って啓くん。俺達のことなんてどうでもいいから、その先をもっと詳しく！　眠り姫な叔父貴に惹かれたってことなの？　それとも現場で？　なんでもいいからプリーズ！」

まるきり想定外のところから話が始まったことで、響也と響一が一緒になって身を乗り出す。

特に響一など、専務呼びさえ忘れて、自宅にいるような突っ込みっぷりだ。

これに同乗したのか、高見沢達どころか圏崎達まで遠慮を忘れて「もっと聞きたい！」「知りたい‼」と、身を乗り出す。

(啓の奴！)

だが、こうなってしまうと、中津川は話を続けるしかないだろう。

しかも、嘘も隠し事もなく真顔で当時のことを話す姿まで、香山には想像ができた。

学校生活どころか、当時の香山の様子から、どうして自分が香山を好きになったのか、惹かれたのかなどを恥ずかしげもなく、さらっと。

昨夜、何でもないような顔をして香山を火照らせたように、語り出すに違いないからだ。

「なんでもいいって言われても……。俺が覚えているのは、教室では寝姿ばかり見せているのに、成績は常に上位。スポーツもできたから、とにかく人気があったってことかな？　あ、そう言えば、近くの女子校や男子校にファンクラブがあったっけ。よく、最寄り駅から校門前まで他校の生徒を引き連れてきていたから、最初はアイドル事務所に所属してるのかって勘違いする生徒もいたみたい」

案の定、中津川は気持ちよく話し始めた。

すでにこの時点で、香山は耳を塞ぎたくなっている。

（いつの時代の話だよ！）

恥ずかしさから、グラスを持つ手が震える。

「ただ、どんなに周りが誘っても、校外での付き合いをまったくしないから、どうしてそこまで働くんだろう？　ってことで、勘ぐる人間も多かったかな。それこそ誰か一人が、家族のためにバイト三昧なのかなって言ったことがきっかけで、家には幼い弟妹がいるとか、実は早くに両親を亡くして、親戚の家に居候しているから生活費を――まで言われて。それで、あまりに話が錯綜《さくそう》してきたから、実際の話はどうなの？　って聞いたのが、親しくなった始まりだと思う。なんていうか、クラス委員をしていたから、周りから確認してくれって圧に押された感じだった」

とはいえ、香山からすると今更知ることもあり、「は？」と声が漏れそうになるのを我慢し、眉を顰めた。

確かに最初に声をかけてきたのは中津川だったが、周りに押されて――は、初耳だ。

純粋に香山の行動を見て、心配して聞いてきたのかと思い込んでいたので、若干裏切られた気分だ。

「――うわ～。祖父ちゃん、祖母ちゃん。勝手に亡き者にされてたのか」

「専務に聞いてくれって圧をかけまくった連中は、まさかその後に社長をかっさらわれる羽目になるとは、考えてもみなかったんだろうな」

「ですよね。想像もしていなかったから、頼んだんでしょうし。それで、話しかけたのがきっかけでフォーリンラブだったんですか？」

すっかり話の中心になった中津川に、響也や高見沢どころか、小鳥遊まで浮かれて質問をし始める。

普段から場の空気を読むことにかけては長けた者達しかいないはずが、香山のしかめっ面に関してだけは見て見ない振りなのか、視界に入ってこないのか、完全に空気として扱われてしまう。

「いや、さすがにそれはなかったよ。まずは噂を正して、友人関係から始まって。気持ちが変わってきたのは、やっぱり黒服姿の晃を見るようになって徐々にだから」

「ひゅ～っ。友情から芽生えた恋だ！　他人様の結婚披露宴で、運命の相手を見つけちゃう感じ？」

「え？　そしたら叔父貴はどうなの？　ってか、最初におかしな噂の事実確認をされて、啓くん相手にぶち切れなかったの？」

大はしゃぎする響也。

しかし、ここで響一が、ようやく香山に意識を向けた。

「知るか。もう、覚えてないよ」

香山は羞恥で染まった頬を隠すようにして、席を立つ。

「晃」

「やっぱり疲れた。先に寝るから、こいつらの面倒はよろしくな。啓！」

心情を察しただろう中津川に声をかけられるが、「追いかけてくるなよ」と言い含めてからリビングから離れる。

（――ったく、なんなんだよ。もう！　今夜は飲むぞとか思ってたのに）

機体の後方から前方へ向かい、自室代わりにしている仕切りの中へ入ると、すっかり身体に馴染んだベッドへ寝転がる。

（何が美少年だ。眠り姫だ。しかも、周りからの圧って――。啓の奴！）

だが、張り切っていただけに、シャンパンの一杯二杯で眠れるわけがない。

むしろ目が冴えてしまい、香山自身も高校生当時のことを思い出すこととなった。

＊＊＊

香山が中津川と出会ったのは、高校一年の時だった。

同じクラスになった二人の個人的な会話は、先ほど中津川が言っていたように、香山が終業と同時に学校を飛び出していく姿に、どうやらアルバイトをしているらしい、だが、それにしてもいつ誰が遊びに誘っても断られる。

――さすがに年中バイトで休みなし？　一度として誘いに応じないのはよほどの事情があるのではないか？

そんな憶測が飛び交った末に、様子を窺ってきたのが最初だ。

「実家が派遣の配膳事務所経営をしているから、その手伝いなの？　ウエイターのアルバイトみたいな？　ちょっと違う？」

「うーん。手伝いとかバイトではなく、完全に登録員の一人。まだ駆け出しだけど、プロのサービスマンとして、ホテルの宴会場を回ってるんだ。それで週末は結婚披露宴、平日の夜は立食パーティーやレストランのサービスをこなしてる」

声をかけられたのは、昼休みの図書室だった。

窓の外には、梅雨時だったとわかる雨が降っている。

普通ならそう記憶しそうだが、香山にとっては一年の中で最も多忙なブライダルシーズンだ。

今なら、雨を避けて秋口にというカップルも多いが、当時はバブル期の前兆があった頃。

六月の花嫁に憧れる女性だけでなく、宴会や接待でホテルを利用する企業も多かったことから、平日や大安以外の六曜であっても、宴会場は予約で埋まっていた。

香山の派遣先が途絶えることがなかったのは、こうした好景気の影響もある。

「まあ、正式な派遣契約だし、大概は成人してからでないと雇わないんだけど――。そこだけは、家のコネかな。ただし、物心ついたときから、自宅で修業みたいなことはしてきているから、ホテルの社員にも負けないだけの仕事はこなせるよ。ただ、さすがに中学生じゃ無理だったから、高校でデビュー。ようやく現場で実践仕事ができるようになったから、楽しくて仕方がなくてこの状態になってるだけで――」

隠すことでもないので、面と向かって聞かれれば、香山は答えた。

とはいえ、最初はピンと来なかったのだろう。中津川は少し首を傾げている。

今にして思えば、何気ないこんな仕草さえ様になる男だし端整な顔立ちをしたハンサムだ。

現場へ出れば黒服をさらりと着こなす大人の男達に囲まれていたからか、ブレザー姿であっても学生服だと誰でも幼く見えた。

しかし、その頃から中津川は長身で姿勢がいいだけでなく、年に不似合いな落ち着きがあった。

それが彼を年齢より上に見せていたのもあるだろうが、何にしても好印象だ。同級生の中で、香山が安易に黒服姿を想像できる、稀少な存在だったことは、あとになって気付いたことだ。

「プロのサービスマン。そうしたら披露宴やホテルのレストランで黒服を着て、料理を出したり進行をしたりとか、そういうので合ってる？　コミ・ド・ラン？」

「そう！　コミ・ド・ラン!!　よく知ってるな。今は、少しでも早く経験を積みたいから、無理言って入れそうなところには全部予定を突っ込んでもらっているんだ。で、それがないときは外国語のレッスンで埋めてるから、結果学校がらみの誘いは断る感じになってる」

「そうだったんだ」

一通り説明すると、中津川は香山の多忙が自身の判断によるのだと理解した。

そして、このことを回りに説明しても支障がないかを確認してくる。

「心配はしていても、聞くに聞けないクラスメイトも多いみたい」

とのことだったので、香山は快く承諾した。

ただ、昼休みはまだ続いていたのに、そこで話が終わったことが、香山にとっては新鮮だった。

〝気持ちはわかるが、今しか遊べないんだから遊んだほうがいいぞ〟

〝学校でも、ちゃんと友達を作らないと！〟

職場では時間ができると、幾度となく忠告してくる大人がいた。

中にはホテルのアルバイトとして入っている学生もいたが、仕事以外で声をかけてきたかと思うと、「もっと学生らしく」やら「今から仕事漬けになっていたら、将来いやになるよ」などど言われることがあった。

相手は全員が年上だったので、香山のことを考えた助言だったのだろう。

だが、心から感謝ができるかと聞かれればできないし、ただのお節介としか思えなかった。

なので、職場で親しくなるのは、純粋に香山の楽しい気持ちや将来の目標を理解して心から応援してくれる者、そのために惜しみない助言をしてくれる者に限られていたからだ。

(ふ〜ん。中津川啓——ね)

その後も中津川は、香山が余計なお世話だと感じるようなことは、一度として言ってこなかった。

恋どころか、その予感さえ覚えるような接触もない。

それでも、香山の事情を知ったクラスメイトの一部が、遊びに誘う代わりに「自分も同じバイトがしたい」「派遣のほうが時給がいいって聞いたし」などと言い出したときには、「俺の説明が悪かったのかな」と間に入り、断ってくれた。

高校生になったばかりの同級生から見れば、プロの配膳人とアルバイトのウエイターの何が違うのかなどわかりようがない。言い方によっては、角が立ちかねない内容だ。

しかし、そんなクラスメイトを相手にしても、中津川はわかりやすく説明し、また断念させるのも上手かった。

「香山が行ってる派遣には、語学力が必要なんだって。英語はできて当たり前で、それ以外にも——。それで余計に忙しいみたい」

プロとバイトの違いをどうこう解くより、語学力の有無を問われるほうが話が早い。

クラスメイト達も、すぐに「これは特殊な仕事だ」と納得ができ、「だから、香山は高校生ながら引っ張りだこで忙しいのか」と理解できたからだ。

「それじゃあ、どんなに希望しても、ここでそのバイトができるのは中津川だけか」

「――だな」

（中津川だけ？）

また香山が、実は中津川が帰国子女だったこと。英語とドイツ語がペラペラで、これ以外にフランス語とイタリア語がそれなりにわかると知ったのも、こうした話の流れからだった。

（父親が外交官なのか）

そして彼の父親が上級公務員だったことも――。

それでもしばらく香山と中津川は、ただクラスが同じというだけの関係に過ぎなかった。

以前に比べれば、気が向いたときに一緒に昼食を摂ることはあったが、そうしたときでもお互いの私生活に踏み込むことはない。

学校外のお互いに興味がないと言えばそれきりなのだろうが、こんな状態なので、もっぱら昼食時の話題は語学だった。

それこそ香山がレッスン中の外国語で行き詰まったときに「わからないところがあるんだけど、聞いていい？」やら「ちょっと試しに話し相手になって」などと切り出すことが多く。

それに中津川が「俺でよければ」と答えれば、そこから時間いっぱいはイタリア語だのフランス語のレッスンだ。

こうなると、周囲の生徒が会話に入ってこられる余地はない。香山が高校時代を思い出したときに、中津川と過ごした記憶ばかりになるのは、仕方のないことだ。

しかも、その年の師走になると、この語学レッスンがきっかけで香山は中津川を派遣仕事に誘うことになった。

景気が上向きだったこともあるが、とにかく例年に増して、事務所への仕事依頼が増えた。

本来なら、まったくの素人に声をかけることなどないのが香山配膳だが、このときばかりは依頼先から「できるだけ語学に長けた者を」というオーダーが重なったために、苦肉の策をとったのだ。

「――え、次の土曜？　時間は取れるけど、俺でいいの？　配膳どころか、アルバイトさえしたことがないんだけど？」

「必要最低限のことは俺が教えるし、現場に入っても極力近くにいてフォローする。というか、一緒に来てほしいパーティーが大手企業の海外資本の会社接待とか、そういうパターンだからさ。正直言って、話しかけられたら答えてくれるだけでも助かるんだよ」

「――そう。なら、手伝わせてもらうよ」

「ありがとう！　さすがにここまで語学に長けた登録員はいないから、親父や姉貴も喜ぶよ！　とにかく会話以外は常に俺がフォローするから、よろしくな!!」

「こちらこそ」

こうして最初に手伝いに来てもらったパーティーをきっかけに、香山は度々中津川と一緒に、派遣先へ出向くようになった。

その結果――。

「いい！　啓のサービス、最高!!　親父や姉貴どころか、派遣先の宴会部長達まで、べた褒めだよ。もしかして天職なんじゃないか？」

「本当？」

「だって、あっと言う間にドリンク・灰皿専門のアシスタントから、披露宴サービスのノウハウまで吸収してるし。何より、こんなに接客能力が高いとは思わなかった。話し方も丁寧で、落ち着いていて、マンデリンの黒服って言われても疑わないくらい品がある」

「晃もだけど、周りの教え方がいいんだよ」

「そういう謙虚なところもいい！　もう、親父にボーナス奮発させたいよ。いや、絶対にさせるから、お年玉を期待して！」

もともと海外生活が長く、父親の仕事柄パーティーへ参加することも多かったという中津川は、香山が驚くほど社交場そのものに慣れていた。子供ながらに、親が恥をかかないように気を遣ってきただろうし、両親も本人が困らないための教育をしたのだろう。

また、国際的な社交場に出入りしていた経験が豊富な分、中津川は接客される立場からプロのサービスがどんなものかを見て育っていた。

それこそコミ・ド・ランだけでなく、シェフ・ド・ラン——高級給仕——の仕事ぶりなどにも触れていたため、驚くほど現場に順応するのもはやかった。

しかも、自分が受けて心地好い接客、そうでない接客をすでに知っていた分、嫌がられそうな対応をまったくしない。何を心地好いと感じるかには個人差があっても、嫌がられることは大概同じだ。最初からこの点を理解し実行できていることだけでも、香山はすごいと思った。

それで尊敬し、べた褒めもしたのだが、その一方でまったく嫉妬がないと言えば嘘になった。

こうした中津川の良さは、どんなに香山が自宅でサーブ取り分けの練習を重ねたところで、真似ができない生活習慣の賜物だ。そこへ真面目な性格が効果を発揮し、最初は戸惑いを見せていた取り分けなどのサービスも、直ぐにこなせるようになったからだ。

これには父親や姉だけでなく、依頼先の社員達まで「中津川は十年に一度の逸材だ」と口を揃えたほどで――。

中津川が通訳中心の手伝いから登録員同様のサービスマンになるのは、あっと言う間だった。

しかし、ここまでスムーズに来ると、些細な嫉妬は、すぐにどうでも良くなった。

香山にとっては、こんなに身近に、しかも同じ年で仕事の話が普通にできる存在が現れたことへの喜びのほうが大きくなったからだ。

そうして、事務所からのオファーも増えて、香山を介した中津川の派遣は増えていった。

当然、学校内外問わず、二人で過ごす時間も増えることとなったのだった。


それから数ヶ月後――。

(受験？　希望が東京大学か東都大学？　国立にしても私立にしても東大かよ)

香山は中津川が将来父親のような外交官になることに目標を持ち、すでに受験を視野に入れた勉強にも余念がないことを周囲から耳にした。

香山自身も語学は磨きたいので大学へ行くことや、またサービス修業としての留学なども考えていた。

だが、それでも中津川が目指しているだろう夢に必要な勉強と、自分のそれでは大差があると思えた。知らなかったとはいえ、貴重な勉強時間を配膳仕事で奪っていたと気付いたことで、距離を取る決心をしたのだ。

ただ、行動を起こした時期が悪かった。ブライダルシーズンだというのに、まったく仕事に誘われなくなった中津川が、不審を抱いた。

二人で机に向き合っていたランチタイムに、突然怪訝そうな顔で聞いてきたのだ。

「晃。俺、何かしたのかな？　最近、派遣の声がかからないけど」

「――!!」

一緒に現場に行き始めてから、二人は互いを名前で呼ぶようになっていた。

きっかけは、行く先々の社員が香山を「晃」と呼んでおり、そのノリで中津川のことも「啓」や「啓くん」と呼ぶ者が多かったことから、自然にこうなった。

それが学校でもとなったときには、周りは驚いていた。

しかし、その頃には中津川が香山の仕事を手伝いに行き始めたことは知られていたので、級友達も「それで距離が近くなったのか」と、納得をしていた。

そうした周知があったからこそ、香山の耳に中津川の受験情報まで入ることになったのだが――。

「いや、その。知らなかったとはいえ、啓の受験勉強を邪魔をしてたんだなって、わかったから」

「え？　受験勉強？」

「本当にごめん！　最初にちゃんと聞けばよかった。俺が何も考えていなかったから」

問われた香山が頭を下げると、中津川は驚いたような顔をした。

しかし、「ああ、それでか」と納得し、ククッと笑う。

「よかった！　知らずにしていた粗相のせいとかでなくて」

「⁉」

中津川は中津川で、これまでの自分の仕事を思い起こして、理由を探していたようだ。

あるはずもない粗相のために、かえって悩んでいたことが伝わってくる。

「あ、勉強のほうは、気にしなくていいよ。無理なときは、これまでだって断ってるし。実際週に三日もないバイトで成績が下がるようじゃ、東大なんて夢のまた夢だし」

「——啓」

「それに、こう言ったら晃には失礼になるのかな？　怒らないで聞いて欲しいんだけど、配膳の仕事は人とのコミュニケーションが学べるし、客層によっては知らない世界を見ることができる。社会経験も積めるし、勉強の気分転換にもなって。何より、時給も高いから俺としてはすごく助かっているんだ」

失礼も何も、これが中津川の正直な気持ちであり、配膳仕事に対する感想なら、香山にとっては願ったり叶ったりだった。

おそらく香山と中津川では、勉強の仕方や受験に対する考え方も違うのだろうが、それでもいろんな意味で彼のプラスになっているなら安心だ。

時給が高いのは、それだけの仕事をしてもらうからなのだが、確かに現役の高校生にとって時給千三百円スタートで、早出や残業が五割増しというバイトは稀少だろう。

しかも、実労時間を重ねていけば、五十円ずつ上がっていく上に、社内評価が良ければ、すぐに千五百円を超す。特に中津川は、外国語に長けていたので、国際パーティーで指名されたときには通訳分として別途時給が上乗せされる。

場所によっては、同じ時間で働いても、香山より高くなるぐらいだ。

「だから、できれば今後も誘ってほしいし、仕事があるなら遠慮はしないでほしいかな」

「いいのか？　本当に大丈夫なのか？」

「もちろん。無理なときはこれまでどおりに、都合がつかないって言うけどね」

それでも香山は再度確認したが、中津川は一番理想的な返事をくれた。

確かにこれまでの付き合いを振り返ってみても、中津川はイエス・ノーをはっきり言う。

このあたりは海外で生まれ育った影響が大きいのだろうが、それ以上に人数調整が基本の派遣仕事なら、返事は早いに越したことがないとわかっていたのだろう。

最初のときから「ちょっと待ってて」もなく、即答してくれた。

「そのほうがこっちも頼みやすいよ。というか、お言葉に甘えて今週の土日、結婚披露宴のダブル&トリプルがあるんだけど、どれか一本だけでもどお？」

「今週末なら全部行けるよ。今からでも入れてもらえるなら入れてほしいな」

「――マジで？　やった！　ありがとう‼」

こうして中津川は、高校三年の秋口までは、香山に誘われると現場へ出た。

姉の響子や社長の父親とも親しくなっていき、気がつけば自宅へも出入りするまでになり、誰もが認める親友同士になっていた。

ただ、改めて思い返しても、高校生当時は仲間意識や友情が芽生えただけだった。

少なくとも香山は、中津川に恋心を抱いていた記憶はない。

それよりも、自分の配膳仕事に対する熱意を理解し、寄り添ってくれた同級生が現れたことのほうに感動し、生まれて初めてできただろう親友という存在に高揚していた。

香山自身が高校生活よりも配膳人としての仕事に力を入れていたので、どうしても同級生達との交流は校内に留まり、広がることがなかったからだった。

＊＊＊

一方、香山が部屋へ移動したあとも、中津川は響一や響也達に話の続きを強請られていた。

中津川は、香山から「しばらく追いかけてくるな」と言い含められていたのもあり、この場で話を続けることにする。

「とはいえ、そうとう前のことだからね」

そう言って、まずは高校生当時のエピソードを順に話した。

初めて声をかけたところから、香山配膳の仕事をするようになるまでを淡々と。

しかし、響也達からすれば、本当に聞きたいのは友人としての馴れそめではない。

「――それで、通訳メインでいいならくらいの気持ちで付いていったのが、初めての配膳仕事。今考えると、きちんとレッスンをしてから現場に出たヒカルのほうが偉いよね」

「そんな！　俺は専務さんほどの語学力はないですから!!　しかも、高校生当時で何カ国語も話せたとか超人的すぎますよ！」

「それで？　そこで初めて黒服姿の叔父貴を見て、ときめいたの？」

「叔父貴のほうもかな？　学生服から黒服になった啓くんの姿にキュン！　とか？」

引き合いに出されたヒカルはともかく、響也と響一は、どうしても恋に発展したほうの経緯が知りたいようだ。

中津川も、そこはわかっているので「しょうがないな」と言いつつも、場を壊さない程度に話を先へ進めていく。

「そのときは、二人とも黒服ではなかったよ。それに、前以て粗相だけはしないでほしいから、通訳に専念でもいいまで言われていて。そんな状況で、晃の仕事ぶりを見ていたから、それ以外で感動する余裕はなかったと思う。ただ、晃や周りが言うには、俺は接客が天職だったみたいで——。俺自身も楽しかったから、その後も声がかかると行ってたんだ」

そして、香山自身が覚えているかはわからないが、中津川にとっては強烈な記憶となった出来事の話をすることにした。

あれは仕事に出るようになってから、二ヶ月が過ぎた冬の週末のことだった。

「ただ、馴染むのが早すぎたのかな？　ある日、社長から直で連絡が来て、急だけど今夜のパーティーで欠員が出たから、行けないかなって聞かれて、特に用もなかったから引き受けたんだ。立食だから持ち回りもないし、会場もマンデリン東京だった。すでに社員さんとも顔なじみだったから。けど、後日それを知った晃が激怒してね——」

その日は事務所で香山と合流してから、派遣先のホテルへ行くことになっていた。

しかし、そこで見たのは香山が父親相手に激高しているところだった。

〝最初に声をかける条件として、あいつは俺と一緒以外は駄目だって言ったよな。俺の見ていないところで、何かあったらどうするんだ！　確かにあいつは器用だし、飲み込みも早いし俺から見ても一年二年経験してるんじゃないかと思うぐらい仕事ができる。けど実際まだ三ヶ月も経っていないし、実務経験だけで言ったら一〇〇時間を超えたばかりだ。むしろ、仕事を覚えて一番ミスが出やすい時期に何してくれてるんだよ〟

〝——落ち着け、晃〟

〝落ち着けるか！　そうでなくても責任感が強い奴なのに、一人で出向いた先で粗相なんかしたら、どれだけ落ち込むことになるか——。第一、あいつはまだここの登録員じゃない。あくまでも俺の友人協力者なんだから、ちょっとは考えろ！〟

香山の剣幕のすごさもあったが、主張は正論だったのだろう。香山社長は、他にも事務員がいる中ではあったが、謝罪をしていた。

自分が迂闊だったと非を認めていたのだ。

〝晃——。香山社長〟

だが、そのとき中津川は、初めて自分が香山の責任のもとで、派遣先へ出向いていたことを自覚した。大げさではなく、現場で何かミスがあれば、すべて香山が被る覚悟で、中津川を同行させていたのだ。

「晃はすでにプロだった。俺は知っていたはずなのに、その意味を十分理解できていなかった。周りから重宝がられて、浮き立っていたのもあるんだろうけど、純粋に晃と同じ世界を見ている時間が物珍しくて、楽しかったんだと思う。けど——。現場に出て楽しいと思えていたのは、一番大事な部分

——責任を晃が担っていてくれたからに過ぎなかった。仕事に対しても、俺に対してもね」

今思い出しても、中津川の顔には苦笑しか浮かばない。

わくわくしながら聞いていた響一達も、一瞬で息を呑む。

しかし、こうした話は、恋愛話以上に聞いて良かったと思う者しか、この場にはいない。

それが証拠に、見る間に響一達の目つきが変わる。

「それがきっかけで、啓くんは叔父貴への気持ちが変わったの？」

同じことを聞いてくるにしても、真剣さがまるで違う。

特に響一は圏崎の仕事ぶりに目を留め、惹かれて恋をした。

また、そんな圏崎も響一の徹底した仕事ぶりとプロ意識に惹かれて恋をした。

だからこそ、このときの中津川が香山に惹かれたとしたなら、とても理解ができると思ったのだろう。そしてそれは、この場に居合わせた者達なら全員同じだ。

今は独り身の高見沢や小鳥遊でも、十分理解ができるからだ。

「うーん。このときはまだ、尊敬が強くなっただけかな？　ただ、改めて聞かれると、実は俺もここでどうこうは、言えないかもしれない。何せ、このあとに晃は、高砂で一目惚れをされて新郎新婦の離婚原因になったり、会場内で口説かれたり。とにかく本人が意図しないところで、トラブルに巻き込まれることが多発するようになったから——。俺自身も、何かと大変だった記憶のほうが勝ってしまっていてね」

それでも中津川は、響一達が期待しただろう答えは返せなかった。

嘘や誤魔化しではなく、本人や菖蒲の手前、あえて言葉にはしなかったが、ハビブが香山に一目惚れをしてしまい、勝手に母国へ連れ帰るという大騒動を起こしたのもこの時期だからだ。

正直に言うなら、好きだのなんだのと考えている場合ではなかった。

世の中には、なんてとんでもない奴がいるんだ!! 状態で、中津川は他人に振り回される香山のフォローに奔走していた。仮に自身の感情に変化があったとしても、間違いなく二の次、三の次で気付ける状況ではなかったのだ。

「おそらく、現場から黒服指定で入るようになってから、高校生には見えなくなっていたんだろうね。しかも、本人も張り切っていたし、誰の目から見てもキラキラしていたと思う。ただ、とうの晃は、いつの間にか〝カップルクラッシャー〟認定をされていて――。恋愛事には関わりたくないってキレまくっていた。だから、そういう晃のメンタルフォローはしていたけど、あくまでも一番近い友人として。仲間としてっていう感情で動いていたんだ」

しかし、話を聞いた響一達は、揃って頷いた。

ハビブだけは目が泳いでいたが、それでも中津川が言わんとすることは理解ができるのだろう。

特に、当時の香山の黒服姿を直接見ている者は、この場には中津川とハビブしかいない。

たとえ香山自身に自覚がなくても、どれだけ他人を惹きつける存在だったのかは、今でも鮮明に思い起こせるからだ。

ただし、当時の香山を知らなくても、この場の者達は今の響一や響也を知っている。

どれだけ輝く存在なのかは容易に想像が付くし、それより何より今でも香山は現役でバリバリの美男神。昨夜も一目惚れにプロポーズまでされているのだから、当時を知らなくても納得だ。

「まあ、その状況で啓くんまで恋愛感情を出してきたら、叔父貴は逃げ場がないもんな。それに、啓くんくらい察しが良かったら、無意識のうちに親友に徹してたってことがあっても、不思議がないかも」

「あるある！　啓くんなら絶対そうだよ！」

「——でも、そうなると、感情に変化が現れたのは大学生？　叔父貴は大学へは行かずに留学したはずじゃなかった？」

「距離ができたからこそ、お互いへの意識が変わってきたパターンなんじゃない？」

そうして当時の状況を理解した上で、響一と響也が妄想を膨らます。

そこへ、目が覚めてしまったのか、イングリッシュマスティフの仔犬が寝ぼけ顔でヨタヨタと歩いてベッドルームから出てきた。

イングリッシュマスティフは成長が遅く、二歳くらいまで体が成長し続ける。が、一歳近いこの子達でも、すでに四、五十キロはある。親犬ほど大きくないだけで、かなりの貫禄だ。

一番前方側に座っていた中津川の足にすり寄り、あどけない顔で抱っこを強請ってくる。

一瞬にして、この場の者達に苦笑が浮かぶ。

「まあ、そんな感じだと思うよ。俺が大学へ通っている四年の間に、晃は年に一度帰国すればいいほうだったし。今みたいにネットが主流でもなかったから、電話や手紙も限られてくる。何より、お互いにやるべきことがあったから、あっと言う間に時間が過ぎて——」

それでも中津川は、話がてら大きな仔犬を抱き上げた。

表情こそ変えずにいるが、周りには「よいしょ！」という心の声が聞こえそうだ。

「くぉん」

仔犬は要求が通って嬉しいのか、今度は「撫でて」と言うように、頭を身体に擦り付けてくる。

当然、これにも応える。中津川は手中の仔犬をゆっくり撫でながら話を続けた。

「それでも響子さんの結婚があったり、俺が大学在学中に香山配膳へ就職することを決めたり。俺に見合い話が来たりで、なんとなく友情以上のものを意識させるようなことが起こってね」

さすがに気がついたらカップルでした――では、未消化だろうという気遣いもあり、それらしいハードルを越えた結果だということは明かした。

「え⁉　お見合い？　啓くんに？」

とはいえ、見合い話は想定外だったのか、響一が声を上げた。

「父親の仕事関係で巻き込まれたんだよ。政略結婚前提のお見合い」

「ああ――。そうなんだ」

「ただ、それが決め手で告白に繋がったから、結果はオーライだけどね」

「よかった！　ってか、そのパターン、俺も経験あるし！」

響也のほうは、交際スタート直後にアルフレッドの実家が盛大な見合いパーティーを開くということをやらかしたので、当時の状況が目に浮かんだのかもしれない。

たとえ交際の有無に違いはあっても、降った湧いたように人生のパートナー候補が用意されるのだ。

中津川からすれば「え？　この人？」になるだろうし、香山からすれば「そこは俺のポジションなんじゃ？」に、なったのだろう。

むしろ、これくらいのことが起こらないと、気持ちも変化しようがなかったのだろうが――。

などと考えていると、他にも目が覚めたのか、仔犬が二匹とメインクーンの仔猫が三匹、ゾロゾロとリビングまで出てきた。各自、大きな身体で勝手気ままに抱っこを求めて、菖蒲や桜には仔犬が、優や飛鳥馬、ヒカルには仔猫が、そして篁にはいつの間に移動していたのか、ちゃっかりうさの助が抱っこされている。

どうやらうさの助だけは、おやつ強請りで相手を選んだようだ。

人参スティックをもらって、ご機嫌だ。

「でも、こうやって改めて聞くと、先に友情が芽生えて、親友になっちゃうと、そこから恋人になるのって大変なんだね。そうでなくても、親友って同性同士の最高峰の関係みたいなところがあるし。そこで満足したら、恋人は自然に別の人――とかってなっても、不思議がない分」

「そうだね。最初から恋愛対象が同性ってわけでもないと、俺みたいに好意があっても友情だと思い込んでいて、気がつかない。そこへ、仕事のやり甲斐や将来の夢なんていうのが入ってくると、充実感も大きいから、恋愛がなくてもけっこう満足したままなんだよね」

ただ、仔犬達が移動してきたことにハッとし、中津川は機内の飾り時計に目をやった。

すでにドバイ時刻で二時を過ぎている。到着時刻まであと八時間もない。

しかも、日本に着いたときには時差があるので、十五時過ぎだ。十八時から派遣予定が入っている者達もいるので、ここはひとまず寝かせなければ――という、気持ちになる。

「まあ、それでも晃以外に目が行かなかったんだから、俺の好意のすべてが晃にだけしか向いていなかったのかな――とは、思っているけどね」

中津川は、この場を締めるようにニコリと笑って話を終わらせた。

「えええっ！　最後の最後に何、その盛大なお惚気！」

「何言ってるんだよ。これが一番聞きたかったたんだろう」

響也は大げさに騒いでみせたが、中津川の言うことに間違いはない。

強いて言うなら、もう少しドラマチックな展開話を期待していただろうが、激動の末にどうこうした感じではないのは、聞いた話からも想像が付く。

むしろ長い時間をかけて、氷河を溶かすような静けさの中で結ばれた。

例えるなら二人の愛情は、青白い炎のようであり、決して赤々と燃えさかるようなものではない。

だが、静かに淡々と燃え続けるだろう炎は、赤々と燃えるよりも高温だ。

きっとそんな関係なのだろうと思えた。

「まあ、そうだけどさ〜。でもな〜。面と向かって言われると。こんなに照れることだって、思わなかった！」

「言ってるほうだって、そうだよ。この罪は、帰国後の仕事で償ってもらうからね。響也。あ、もちろん響一もだよ」

「えっ、俺も！　結局そうなるのか〜。やっぱり啓くんには敵わないや」

この際とばかりに、あれこれ聞いたはいいが、響也と響一は帰国後の仕事が増えただけだった。それでもある程度は満足したのか、二人揃って笑顔だ。

「そうしたら、そろそろ片付けて寝ようか。空港から直接現場に行ってもらうメンバーもいるから。本当に、慌ただしくて申し訳ないけど――」

中津川が声をかけながら、仔犬を床へ下ろして立ち上がる。

これを合図に、その場にいた者達全員が席を立ち、使用していたグラスや食器などをテキパキと片付けていく。

「平気平気！　それは承知で来ているし、少なくとも俺達は日中ドバイ観光で休みを満喫してるから」

「そうだよ。まったく休めなかった叔父貴と啓くんだって、そのまま仕事に戻るんだからさ。まだまだ若い俺達が、音を上げていられないからね！」

このあたりはプロの配膳集団だ。リビングダイニングは、洗い物まで含めて五分もせずにリセットされた。

「若いだけ余計だよ。じゃあ、おやすみ」

中津川の「おやすみ」と共に、全員各自に振り分けられた寝所へ向かった。

6

中津川がリビングからベッドルームに移動すると、香山はすでに横になり瞼を閉じていた。

顔を覗き込むも、起きる気配がないので、パジャマに着替えて隣へ潜り込む。

行きがかりとはいえ、普段は思い出すことのない過去に触れたことが嬉しかったのだろう。

中津川は背を向けて眠る香山に小声で呟いた。

「さっきは変な自慢をしてごめんね。けど、今日まで一緒にいてくれてありがとう。明日からもずっと一緒にいてね。おやすみ、晃」

そうしてベッドヘッドに手を伸ばし、間接照明を落とす。

長引いた惚気け話で渇いた喉を大分アルコールで潤したのか、中津川は直ぐに寝息を立てた。

瞼を閉じた香山が、囁きに耳まで赤くしたことには気付かなかったようだ。

(啓の奴！　余計に眠れなくなったじゃないか。そうでなくても、一つ思い出したら、二つ三つと思い出されて、変な気分になっていたのに……)

すでに香山の酔いは飛んでいた。

半端に飲んで、半端に酔って、そうして正気に戻ったときほど目が冴えることはない。

しかも、普段は思い出そうともしなかった馴れそめを辿ったものだから、香山の脳内は部屋の片付け途中でアルバムを開いて浸る、もしくはしばらく読んでいなかった連載漫画でも読み始めて夢中になったような状態に陥った。今夜に限って、早急に結論を出さなくてはいけない仕事案件がなかったのも、止まらなくなった回想の原因かもしれない。

だが、一番の理由は懐かしさからくる心地好さ。同時に、一度にいろんなことを思い出してしまったがために、自分でも記憶を整理したくなったことだろう。

(今日まで一緒にいてくれて――か)

香山はそうっと振り返ると、仰向けで眠る中津川の横顔に目をやった。

そして、中津川が戻ってきたところで目を閉じ、寝た振りをしたことでぶつ切りになった馴れそめの続きを思い返していったのだった。

＊＊＊

中津川に気兼ねなく仕事の誘いをかけるようになった香山は、多忙ながらも充実した日々を送っていた。一度は受験勉強を考慮し、遠慮から距離を取ったが、すぐにその分は取り戻した。

むしろ、互いの事情や価値観を理解し合えたことで、いっそう距離が近くなったほどだ。

そのために、歳月が過ぎても直ぐに思い出せるような出来事があったときには、必ずと言っていいほど中津川が側にいた。初めて成田離婚の原因にされたときにも、意味がわからず落ち込む香山を理路整然と慰めたのも中津川だ。

「一期一会だかなんだか知らないけど、自分の結婚式でスタッフに一目惚れって、元から浮気性なんだよ。晃がきっかけにならなくても、いずれ別れる二人だよ。むしろ、今別れたほうが、お互いに早く次へいけるんだから、時間の無駄にならなくていいんじゃない?」

「そうかな?」

「俺にはそうとしか思えないけど」

「そっか。ならいいや」

当時から現場で「黒服の麗人」などと呼ばれていた香山は、男性用の制服を着ても、自前の黒服を着ても、なぜか新郎や男性客に好意を持たれた。相手は美少女だと思い込んで心を奪われたわけではなく、香山が年相応の男子だとわかった上で――だ。それも一度や二度ではない。

そのため、ことあるごとに香山は愚痴り、そしてそれを中津川が苦笑交じりに聞くのが、いつの頃からか、仕事帰りの定番話のようになっていた。

「仕事終わりに会ってくれなきゃ、このお皿は下げさせないよ――って。いったい、どんな営業妨害なんだよ！　腹立つから、そのままニッコリ笑って、その後の料理も全部奴の前に置いてやった！　左右の客にドン引きされていたけど、知るか！　さすがに強面の社員が皿下げに行ってくれたけど、マジむかつく！」

「いや、そこは〝どんなナンパなんだよ！〟の間違いじゃ……」

「笑いごとじゃない。下手な酔っ払いより、始末が悪い。同じ顔した姉貴だって、こんなこと言われたことないっていうのにさ！　超腹立つ!!」

「響子さんは付け入る隙がないからね」

「何それ!?　俺が隙だらけだって言いたいのかよ」

「そうじゃなくて――。場慣れのせいだと思うけど、今は晃のほうが親しみやすいというか、単純に声をかけやすいんだと思う。あと何年かしたら、貫禄が出てきて、今みたいにふざけたことも言われなくなるんじゃない？」

平日にしても土日にしても、二人の仕事終わりは二十一時から二十二時が多かった。

派遣先から最寄り駅、そして二人が別れる駅まで、こんな会話が続く。

「――あ、そっか。ようは、年季の差か。まあ、確かに同じ顔でも姉貴のほうが圧がすごいからな。それに、もう何年目なんだよっていう片思いのくせして、あれだけハッピーラブラブオーラを出せるって。そりゃ、迂闊に声もかけられないか。うっかり口説いて、怖い彼氏でも出てきたら洒落にならないって、大概の奴なら考えそうだし」

香山より四歳上の響子は、高校を卒業と同時に事務所の登録員となり、すでにトップレベルの配膳人として、業界内では名が知られ始めていた。

それこそ彼女の人柄と仕事ぶりに惹かれ、お近づきになりたいがためにハイクラスのレストランやホテルから転職してきたシェフ・ド・ランやコミ・ド・ランが何人もおり、香山配膳のレベルアップに多大な貢献をしている。

しかし、響子自身は学生時代に一目惚れした年上のフレンチチェフに絶賛片思い中だったが、とにかくポジティブ思考なので、悲愴感がない。片思いでも、いずれは両思いになると信じて疑っていなかったためか、内情を知らない人間から見れば現在大恋愛中で婚約間近ぐらいに見えた。

さすがにその状態の彼女をナンパする者はなく――。

かといって、仮にそうでなかったとしても、行きずりのナンパ程度なら笑ってスルーできる性格なので、晃ほどの支障は出たことがなかった。

ようは、どんなに顔が似ていても、他人を狂わす色香のようなものは、香山のほうが強い。

これればかりは生まれ持った魅力なのか、足枷なのかは、本人の感じ方次第だろう。

そして、本来なら香山は、こうしたことに対しては足枷に感じるタイプだった。

そうならなかったのは、愚痴を聞く中津川が常に「そんなの相手が悪いだけ」と一貫しており、なんなら「相手がどうかしてるだけ」で一蹴していたからだ。

そのため香山は、愚痴は零すが変に落ち込むことがなかった。

「それなら晃も、響子さんみたいなハッピーラブラブオーラを出してみたら?」

「無理無理。片思いどころか、好きなアイドルさえいないのに」

「だったら、羽瀬川白磁《はせがわはくじ》のお皿でも思い浮かべてみたら?　好きだろう、あそこの飾り皿。あれが出てくるコースのときには、機嫌がいいし」

「皿かよ～っ。いや、確かに羽瀬川白磁は好きな国産名窯のひとつだけどさ。でも、皿で機嫌が変わる俺って、どうなんだよ」

ときには、想像も付かないことを言い出す中津川のおかげで、笑い話にさえできていた。

「すごく、好き嫌いがわかりやすくて、俺はいいと思うよ。しかも、嫌いなんだろうな――と思うものでも、他の人にはわからないように徹しているところは、尊敬しているしね」

「本当かよ」

どこで誰が何を言おうが、中津川からの称賛以上に、香山自身を揺れ動かすものがなかったのだ。

「嘘は言わないいし、言う必要がないって前にも言っただろう」

「でも、啓に好き嫌いがバレてるんじゃゃ、俺の営業用スマイルも大したことないな」

「そう？　俺が気づくのは、校内での昇を知っているからだよ。職場だけで会っていたら、絶対に気づけない。実はピーマンが嫌いだけど、定食の中に紛れているのを、残すに残せずに頑張って食べているとか――」

「……」

「ほら。そういうふて腐れた顔も、職場では絶対に見せないだろう」

「――まあ、そうだよな」

なんてことない、どうでもいいような会話さえ、今にして思えば貴重な青春の一ページ。香山にとって学校生活までもが充実したのは、間違いなく中津川がいたからだ。

そして、そんな中で笑いごとでは済まされない事態を起こしたのが、香山に一目惚れをしたハビブだ。当時の香山や中津川からしても、ハビブはまだ子供だっただろうに、告白するも撃沈。

それならば――と、パーティー会場から香山を拉致して自国へ連れ帰ってしまった。

これには中津川どころか、誰もが驚愕した。いくらプライベートジェットで乗り付けていたアラブの大富豪子息とはいえ、そんなことができるのか⁉　空港でまかり通るのか⁉　と、信じられない事態だった。

しかし、まずは香山を取り戻すことが最優先だ。香山社長もパーティー会場だったホテル・マンデリン東京関係者も、ありとあらゆるコネと伝手を使って、即時「香山晃の帰還要求」をした。

中津川だって黙ってはいない。ここぞとばかりに父親のコネも使ったが、それより何より最もハビブとその一族に圧力をかけることになったのが、中津川自身が幼少時から欧州社交界で築き上げてきた人脈とパイプラインの太さだ。

その上、香山自身が、過去接客に当たってきた国賓レベルのセレブ達からも求愛を受け、バッサリと断っていた割には、そうしたところまで含めて気に入り贔屓《ひいき》にしてくれていたので、このあたりの権力も余すことなく利用した。

気がつけば中津川が香山帰還の陣頭指揮に立っていたほどだ。

結果、ハビブは四方八方から包囲されたことに恐怖した親族達から「このままでは外交にも関わる」「戦争の火種になりかねない」と説得をされて、香山を日本へ戻すことになった。

それも宮殿での滞在がわずか数時間という、異例なスピード解決だ。

香山本人は、日本から連れ出されたときには眠らされており、気付いて「ここはどこだ？」となってから数時間後には再びプライベートジェットに乗せられて帰された。

大騒ぎになった割に、連れ去られた本人にその自覚がないのは、事件発生から解決までに二日もかかっていない上に、目覚めていた時間そのものが短いためだ。

「晃！　無事だったか」

「——啓。親父、姉貴、みんな!!」

それでも空港で血相を変えた中津川達に出迎えられたときには、ことの重大さを実感せざるを得なかった。

「晃！　ごめんな、こんなことになって。一番近くにいたはずなのに、気付けなくて。怖かっただろう。本当に、ごめん！」

特に、一緒に現場へ出ていた中津川は、会場から香山が消えたことにしばらく気付いていなかったらしく、それを理由に自分を責めていた。

だが、来賓が二百名は下らない国際パーティーで、それも立食形式だ。自身の仕事に集中していれば、気付けなくても当然だ。ましてや仕事内容を熟知しているのだから、しばらく場内で姿を見なくても、バックヤードに皿を下げに行ったのだろうくらいにしか思わない。

それは香山が立場を入れ替えても同じだ。それにもかかわらず、中津川が責任を感じてしまっていることが、香山にとっては一番胸が痛かった。

「いや、俺のほうこそ、こんなことになって申し訳ない。ってか、腹減ったんだけど」

「——え？」

「なんか、ほとんど寝かされていた上に、あっちこっちに引き渡されて世話役が変わっていたからか、最後にお前と夕飯食ってから水しか飲んでない。ハビブの野郎、ジェット機を往復させるような大金はたくのに、攫《さら》うほど好きな俺にはたったの一度も飯を出してないって、意味わからねぇよ。あの餓鬼、一生いじめ倒してやる！」

香山は要点を逸らしたくて、誰が聞いても「そこ⁉」と突っ込みそうな話で、憤慨してみせた。

実際はところどころで食事の要否を聞かれたような気はしたが、すべてがアラビア語だったので、首を傾げることしかできなかった。

また、そうしたタイミングに日本語も英語も堪能なハビブが居合わせなかったために、結果として香山は食いっぱぐれてしまったのだが――。

「うわっ。それはひどい目に遭ったね。そうか、そうしたらここで食べていく？　家に帰るまで持たないよね？　何が食べたい？」

ただ、あえてこんなことを言い出した香山の心情を、瞬時に察したのだろう、中津川はすぐに話を合わせてきた。

「ラーメン」

「なら、レストラン階へ行こう。あ、中華の店なら、お粥もあるよね。一応、段階踏んで口に入れたほうが、胃にいいと思う」

「あ、そうか。なら、中華店で」

この様子に、最初は父親達も唖然としていた。

しかし、そこは察しのよい者ばかりの集団だ。下手に騒ぎ続けるよりも、まずはいったん落ち着くか――という意味で、「なら、我々も」と、食事を摂りに移動することにした。

「うわ～っ。美味しい！　空きっ腹に染み渡る！」

「急だと胃が驚くかもしれないから、ゆっくりね」

「了解～っ」

その後は中津川に普段通りの笑顔が戻り、香山も胸の痛みは落ち着いた。

また、帰宅後は数日をかけて、帰還に手を尽くしてくれた協力者に対して中津川と一緒に御礼連絡をしたのだが、このことがきっかけで香山自身も欧州社交界で顔が知られることになった。

セレブな知人が増えて、その後の香山配膳の飛躍にも繋がることとなる。

結果だけを見るなら、終わり良ければすべてよしといった騒動だ。

ただ、それから香山はふとしたときに、中津川の反省と苦痛に満ちた顔を思い起こした。

その度に、二度と同じ顔はさせたくない、自分のことで彼に辛い思いはさせたくないと考え、身の振り方には細心の注意をするようになった。


高校の三年間を中津川と一緒に過ごした香山だったが、それからしばしの別れが訪れた。

香山が高校卒業後は、すぐに欧州へサービス修業に出ることを決めたからだ。

「え？　卒業後は進学をせずに派遣で留学をするの？」

「うん。シェフ・ド・ランとしての技術やソムリエの資格のことは、前々から考えていたんだ。あとは語学。やっぱり、いつでもどこでもベストなサービスを心がけたいと思ったら、英語以外にも何カ国語か馴染んでおいたほうがいいだろう。これに関しては啓の影響が大きいけどさ」

「俺の？」

「そう——。やっぱり啓の語学力はすごいよ。英語、ドイツ語だけでなく、いつのまにかフランス語やイタリア語もしっかり話せるようになっていて。最近ではロシア語や中国語、アラビア語の勉強まで増やしているだろう」

語学に関して中津川は、すでにマスターしていた三カ国語を軸に、話せる外国語を増やしていた。ここは行き当たりばったりの派遣仕事で、様々な国の来賓と接客することになったのがきっかけだ。

やり方としては、同じ意味を持つワードやフレーズを各国ごとに並べて書き起こし、まずはサービス中によく交わされるやり取りから覚えていった。

父親の転勤で住む国が変わる度に、そうしたやり方で新しい言葉をマスターしていたのだろう。

もともと勉強ができるタイプなのは見ていてもわかるが、それより何より努力家だ。

そして耳と記憶力がいい。接客中に言われたことを間違いなく聞き取り、覚えており、香山はこうした彼のすごさに気がつくごとにやる気を掻き立てられていたのだ。

「側で見ていたら、俺も何かしないといられないって気持ちになってきたからさ。で、父親に話したら、昔の同僚さん達に相談をしてくれて。欧州主要都市のマンデリンに派遣留学させてもらえることになったんだ。イギリス、フランス、ドイツ、イタリア、スペインに半年から一年ずつぐらい。それ以外は状況にもよるけど、一応ロシアや中国方面にも希望は出している。とにかく習うより慣れろって感じで。仕事を通したほうが、言葉も理解しやすいっていうのは啓の勉強の仕方を見てきても、そうだなって思ったからさ」

そうして香山は、父親の伝手もあったが、何より本人のやる気を知る者が多かったことから、欧州のホテル・マンデリンでサービスと語学を学ぶことになった。

香山の希望をすべて叶えていたら、直ぐに四、五年は経ってしまいそうだが、それでも二十歳前後の四、五年だ。配膳を一生の仕事と決めている香山からすれば、同級生達が大学へ行って学ぶのと大差はない。

ただ、夢に向かう先が違っても、電話一本で会える距離にいるのとは違う。

そう簡単には中津川と会えなくなるし、愚痴も零し合えなくなる。

そこだけが気がかりであり、寂しくもあったが、いざ大学生活が始まれば、中津川とてこれまで以上に勉強に打ち込むだろう。勤勉な彼の姿が目に浮かぶからこそ、香山は負けたくないと思った。

ずっと肩を並べて、尊敬し合える友でいたかったからこそ、今以上に自分磨きに時間を費やすことにしたのだ。

「そうか――。それは負けていられない。俺も頑張らないと」

中津川も香山の決心には、少なからず刺激を受けたようだった。

「ああ。受験、頑張れよ。啓なら楽勝だとは思うけど、試験以外でも何が起こるかわからないから、全部含めて気をつけて。必ず乗り切れよ」

「ありがとう」

その後は受験勉強に勤しみ、中津川は無事に合格。希望の大学へ進んだ。

＊＊＊

高校卒業後、二人はそれぞれの道を歩んだ。

しかし香山が日本を離れて三ヶ月もしないうちに、中津川からは「配膳仕事に復帰した」という電話報告を受けることになった。

〝え⁉　中尾からヘルプが来て、結局事務所に正式登録した⁉　来られるときだけでもいいからって条件とは言え――。親父達も何、甘えてるんだ！〟

きっかけは、同じ時期から香山配膳で仕事をするようになった中尾からの要請らしいが、香山には、これ幸いと喜ぶ父親や姉の顔が見えるようだった。

〝まあまあ、そう言わないで。俺も勉強だけだと、煮詰まるというか――。週に一、二度現場に行くと、イイ感じにリフレッシュできて、翌日からまた勉強に集中できるから〟

それでも高校三年の秋から受験に集中していた中津川からすると、半年ぶりの現場復帰は楽しいようだった。

それが電話越しから充分に伝わってきたので、香山も納得をする。

〝――なら、いいけど。無理なときは、本当に断っていいからな！〟

〝そこは大丈夫だよ。マイペースを変えるつもりはないし、そもそも無理して、粗相でもしたら目も当てられない。かといって、翌日の授業に響いても、本末転倒だから〟

〝了解！　なら、俺からも改めて、親父の事務所をよろしく。何かあったら直ぐに言って。もちろん、何もなくても、いくらでも言ってくれて構わないけど〟

〝ありがとう。そうさせてもらうよ〟

ただ、こうして中津川が現場に復帰したことで、香山は時折とっていた中津川との連絡でも話題が尽きることがなかった。

むしろ、自分の留守の間に起こった出来事などが定期的に耳に入るし、中津川の視点で話される職場のことや、感想などは、香山にとっても貴重で楽しみだった。

仕事を通しても言葉の壁が高く、また厚く、思うようにならない苛立ちからストレスに苛まれることも多々あったが、中津川との間に共通の話題が随時更新されることが、思いのほか癒やしになったのもある。

これが、聞くに徹したところで理解が追いつくかどうかもわからない大学の勉強話だったら、こうはならなかっただろうが——。

いずれにしても、香山は国を遠く離れた異国の空の下でも、中津川からの他愛もない現場の話に救われていた。


日本を出てから二度目の新春——香山は初めて一週間の休みを取り帰国した。

成人式だけなら、帰れる心の余裕がないという理由でパスだったが、そこに合わせたように響子の婚約が決まり、両家で顔合わせをすることになったからだ。

しばらく鳴りを潜めていたが、香山は自他ともに認めるシスコンだった。

もともとサービスマンを目指したのも響子の影響が大きく、何より母親が他界してからは、響子自身も母親代わりのように弟・香山の面倒を見てきた。

香山にとって、響子はとにかく理想のサービスマンであり女性であり母親代わりだった。

だからといって、将来結婚したいというような、恋愛感情があったわけではない。

ただ、当たり前のように、これからも変わらない関係が続くのだと思ってきただけで——。

しかし、婚約・結婚となったらそうはいかないことくらい、香山にもわかる。

相手は長年響子が追いかけ続けた年上のフレンチシェフだ。

出会い当時は十代と二十代で年の差もあるし、何より彼は修業中の身だった。

パリと日本を行き来することも多く、それで響子の猛アピールを躱《かわ》し続けていたようだが、彼女も今年で二十四だ。相手のシェフも仕事が落ち着き、多少は気持ちに余裕が出てきたのだろう。

交際自体は去年から始まっていたらしく、香山も二十歳になることだし母親代わりは卒業でもいいか——で、婚約の運びとなった。もともと香山配膳に心酔していたこともあり、結婚の際には婿に入ることまで決まっている。

「ありえね～っ。ないわ～っ。なんなんだよ、晃も二十歳になるしいい節目でしょうって！　なんか俺が二人の邪魔をしてたみたいじゃないか！　付き合ってたことさえ知らなかったのに!!」

香山の成人を機にと言った響子に、悪気はない。隠す必要を感じなかった本心なのだろうし、片思いで浮かれているように見えても、常に弟のことは気にしていたことの表れだ。

それは香山自身も理解していたし、内心では感謝もしていた。

ただ、あまりに唐突に知らされ、聞いたときにはすべての段取りができており、感情が追いつかなかった。

これこそ愚痴ったところでどうなるわけでもないのに、香山は中津川を自宅の自室へ呼びつけると、覚えたばかりの酒を呷《あお》った上に文句をだらだら言いまくったのだ。

「飲み過ぎだぞ、晃」

「啓だって、酷いと思うだろう！」

「酷いとは思わないけど、まったく気付かなかった自分にビックリしてるよ。噂にもなっていなかったし……」

「まあ、交際がバレたら俺以上にごねる姉貴信者が山ほどいるからな。それは相手のほうも理解してたんだろう。だとしても、なんなんだよって思うけど！」

それでも香山にとって救いだったのは、響子達の交際を知っていたのが父親だけで、中津川も寝耳に水だったらしく、一緒に驚いてくれたことだ。

これで、実は黙っていたけど――などとやられたら、人間不信だ。

中津川とは、定期的に連絡を取っていただけに、ここだけは嘘や隠し事をされていなかっただけでも、安堵したところだ。

「――」

「そうか～？　だったらいいけどさ～」

「すぐに響子さんみたいな人が現れるよ」

もっとも、一晩中香山に付き合わされた中津川がどう思ったかは、定かではない。

時折黙り、どこか自虐的に見える笑みを浮かべたときがあったからだ。

「どうかしたか？」

「なんでもない。さ、飲もう」

「ああ」

しかし、それは見間違いか、勘違いだったようで――。

香山はそのまま中津川と飲み明かして、いつの間にか眠りに落ちていた。

自室でベッドに背を預けていたので、すっかり気も抜けていたのだ。

(ん?)

そして香山は夢を見た。

飲み潰れた香山を中津川がベッドへ運び、何を思ったのか唇を近づけてきて——。

(!?)

唇を塞がれた気がして、香山が目を開く。

「どうしたの? 水でも、もってくる?」

しかし、目の前にいた中津川は、スッと身を引きながら首を傾げる。

「いや、いい。おやすみ」

「おやすみ」

(夢? 勘違いか)

そのときは酔い潰れてベッドまで運んでもらっただけで、キスをされたと感じたのは、寝ぼけたのだろうと思った。それでも微かだが自身の唇から、飲んだ覚えのないスコッチの香りを感じて、いっそう酔いが回る。

(——そんなわけないしな)

翌日も中津川は普段通り、何ら変わらない態度で香山を羽田まで送ってくれた。

それからも香山は、配膳仕事を通して現地語を身に付けるという多忙な日々を過ごした。

大学の四年間代わりに設定した派遣留学をスタートさせたロンドンで半年、次にパリで一年、その後はベルリンで半年、ローマで一年、マドリードで半年という予定を組んでおり、残りの半年をどこで過ごすかは、まだ決めていない状態だ。

とはいえ、どんなに香山が仕事や語学にしか気が行かなくても、周りは違う。

行く先々で、必ずと言っていいほど同僚や上司、またそのホテルの常連客などから告白をされた。

あまりに同性ばかりなので、自然と〝ありなんだ〟と思うようになっていったのもこの頃だ。

同性恋愛に嫌悪感があったことは一度もない。

そもそも同性異性を問わず、恋愛そのものに関心がなかったので気にしていなかった。

香山には、思春期の頃からやりたいことやそのために学ぶことが多すぎたのだ。

(う～ん)

しかし、そんな香山も、夢なのか現実なのかわからない中津川からのキスには戸惑いを覚えた。

ふとしたときに思い出しては、頬が赤らみ、胸がドキドキする。

(まさか姉貴の婚約がショックだった？　それで同じ顔の俺に？　いや、さすがにそんな男じゃない。啓の性格なら、玉砕するとわかっていても、気持ちがあるなら本人に向ける。間違っても俺を身代わりにするのはないはずだ。とすれば、やっぱり俺に――？　だとして、俺は？)

そして、この感情に答えを見出したのが、ローマにいたときだ。

「晃は、日本にいる啓のことが好きなの？　仕事以外の言葉を覚えたとたんに、彼の話ばかりするようになった。まるで、恋人の話でもするみたいに」

一番仲良くしていた同僚からの問いかけに、香山は「あ、そうか」と納得をした。

「え？」

「いや、間違いなくそうだ。海外に出てから、他に思い出した、話題に出した人間がほとんどいないや！　まあ、あれほど話題になるキャリアの持ち主がいないっていうのもあるけど。それ以上に、俺の中での存在感が圧倒的なんだ。いつの間にか、家族よりも――」

中尾を筆頭とする仲間達が聞いたら大泣きしそうだったが、これぱかりは仕方がない。

夢だろうが、現実だろうが、キスをされても嫌ではなかった。

驚きはしたが、思い出しても胸が高鳴る――初めての感情だ。

（恋人か）

それから香山は中津川への恋愛感情を意識しながら、派遣留学を続けた。

そうは言っても、相変わらず告白はされたが、意識してからは堂々と「恋人がいるので」と言って断るようになった。

響子の婚約で帰国した翌年のこと。

今度は結婚披露宴の予定が決まり、香山は帰国をすることになった。親族席に着くのではなく、仲間達と共に披露宴の配膳をし、香山自身は高砂の担当をして二人を送り出すためだ。

しかも、結婚後に響子は夫と共に実家を改築、二世帯住宅の一階でフレンチの店を始めることとなり、事務所からは退所することになった。

また、彼女を慕って香山に登録していた者達――ＴＦメンバーのほとんどが、「それなら俺達も、そろそろ腰を落ち着けよう」と、ヘッドハントされていたホテルなどへ転職を決めた。

二代目トップは香山晃に間違いないだろうという話は前々から出ていたので、それなら新たなメンバーがTFになるほうがいい。そもそもやる気に満ちた者しかいない事務所なのだから、残された登録員達にとって、二代目TF入りはいい目標になるだろうし、響子達が抜けた穴を埋めるだけの覇気へ繋がるだろうという思惑もあったからだ。

しかし、このとき初代TFメンバーから事務所に残ったのは香山と大卒と同時に辞めていく中津川だけで、事実上は香山一人だった。

残りの九人は、年は上だが香山と同期入所の中尾を筆頭に、登録員達の中から実力主義で決まっていくだろうが、何にしても事務所の顔となって現場へ先陣を切る者が必要だ。

そうなると、香山が派遣留学を切り上げて、事務所に腰を据《す》えるのが一番ということになる。

香山自身もすでに四カ国は回れていたので、ローマへ戻り次第帰国の手続きを取ることを考えた。

ただ、ここで思いがけない待ったがかかった。

結婚披露宴の前夜、打ち合わせで顔を合わせた際に中尾が「派遣留学は予定通りでいい」「お前が帰るまで、俺達がきっちり繋いでおくから」と申し出てくれたのだ。

「そうだよ、晃。安心して留守は任せて。俺も卒業後は、ここに腰を据える。就職するって決めたから」

「――――は⁉」

しかし、ここで香山は喜ぶより先に驚いた。

中尾の言う「俺達」の片方が、なぜか中津川だったからだ。

「ちょっと待て、啓。夢はどうした⁉　外交官になりたかったんじゃないのかよ？」

あまりに突然のことすぎて、香山は困惑した。中津川なら、間違いなく順調にキャリアを積んで夢を叶え、世界へ羽ばたいていくと信じて疑っていなかったからだ。

「気が変わったとしか」

問い詰めた香山に対して、中津川は困ったように笑う。

――と、ここで香山は、あることを思い出した。

「そんな……。まさか、ちょっと前に親父が〝啓くんの意見に助けられた〟とか言っていたが。うちの経営が大変だから、黙って見ていられなかったとか、そういうことなのか？　香山配膳のために、夢を諦めたのか？」

実力主義の香山配膳は、すでに国内でもトップクラスのサービスを提供する派遣事務所として、業界内でも認知がされていた。

しかし、事務所を起こした父親も、これに協力した友人達も、全員が一流ホテルの宴会部出身のサービスマン。事務所を立ち上げ、登録員を増やし、派遣先を増やすまでは順調だった。

だが、ある程度基盤ができたところで、事務所経営者としては弱いことが露呈してきた。

現場や依頼側の事情を知りすぎているがゆえに、派遣料なども周囲と足並みを揃えていたのだが、これでは登録員の実力に対して、見合うと思う給料を支払うのに、事務所が仲介料を削ることになる。いくら、儲け主義で始めたわけではない、国内サービスの向上に貢献したくて立ち上げたとはいえ、事務所そのものが回せなくなってしまったら本末転倒だ。

かといって、香山配膳が派遣料を値上げすることで、他社がそれに倣ってしまった場合、依頼側との摩擦になりかねない。それなら自社でバイトを雇って鍛えたほうが――と、派遣会社との関係そのものが切られかねないという危惧があり、悩む間に経営自体が揺らいできたのだ。

そして、そんなときに香山の父親に意見をしたのが中津川だった。

彼は他の登録員達と違い、通訳としての技術料を上乗せしてもらうことが多々あった。

兼任とはいえ、現場へ出ればどちらの仕事にも最善を尽くしていただけに、これに見合う支払いがあることには、とても満足していた。

しかし、事務所が依頼主に別途請求していないことを、たまたま派遣先で耳にすることになった。そこで香山の父親に確認したところ、経営の甘さが露呈したのだ。

〝ええと……。若輩者が生意気だとは思いますが。俺のような素人に近い人間から見ても、香山配膳の登録員は他社とは実力が違います。香山が一人いれば、三人分の仕事をしてくれる――とまで評価されているのに、それに見合った派遣料を請求しないのはおかしいです〟

米国のように必ずしも必要ではないが、それでもサービスに対しては感謝の気持ちとしてチップが支払われるような国が多い欧州で生まれ育ち、また転々と移動した中津川からすれば、日本の見返りを求めない〝おもてなし精神〟は素晴らしいが、価値観を歪ませる――というのが、母国への感想だった。

これればかりは文化や国民性もあるのでなんとも言えないが、無償と有償になるものが海外とは違う。それで平等かつ正常に経済が回るなら問題はないが、一部にしわ寄せの来る状況を目にしたので、意見を口にしたのだ。

〝それに、他社が便乗値上げをしても、しなくても、派遣されてきたスタッフの実力が支払いに見合わなければ切られます。今は景気がいいので、宴会も多い。とにかく人員を揃えて回せ、対応していけみたいな風潮がありますが、こんなの長く続きませんよ。それに、上がった景気はいずれ落ちるのが世の常です。そうなれば、派遣料なんて高くても安くても、依頼は絞られ、倒れる事務所が出てきても不思議はありません〟

とはいえ、中津川が父親と話をした当時、日本はのちに「バブル期」と呼ばれる好景気にあった。

それにもかかわらず、今後来るだろう反動を視野に入れた中津川の意見には、父親も「度肝を抜かれた」と漏らしていたほどだ。

〝あとは――。社長達が目指すサービスレベルに対して、景気のいい現在、正当な対価が支払えないような依頼側なら、いずれ倒れます。同時に、今ここで香山配膳としての適正価格を見直し、契約相手に納得をさせなければ、事務所のほうが倒れます。不景気になってからでは、価格交渉は今より難しくなることはあっても、簡単にはなりませんから〟

その後も父親は、中津川の意見に圧倒されて、また納得させられていった。

〝香山配膳が、そして目指すサービスが、この先何十年と生き残るためには、多少の力業は必要なんじゃないでしょうか？　経営方針を見直すのは今のうちだと思います。ただし、これをすると、請求価格に見合ったレベルのサービスマンしか登録・派遣ができなくなりますが――〟

今にして思えば、このときの中津川の意見がのちのちの「香山レベル」を生み出した。

心技の揃ったサービスは当たり前のこととして、新規登録には母国語以外にも最低二カ国語などのハードルが出来上がっていったのも、ここで確固とした経営方針が出来上がったからだ。

しかし、それと中津川の就職は別問題だ。

「そんな――。確かに意見はさせてもらったし、受け入れてももらったけど。俺自身は、夢を諦めてなんかいないよ」

「だってお前！　ずっと自分の父親みたいな仕事がしたいって。外交官になりたいって言ってたじゃないか！　変な話、配膳のバイトだって、その布石みたいなものだろう。お前が言っていた〝このバイトは勉強になるから〟って、そういうことじゃなかったのかよ」

香山は、中津川の意見を取り入れ、父親が経営方針を変えたことが、進路変更の原因だろうと考えた。根っから生真面目な彼だけに、自分の意見を尊重した事務所の行く末が気になった。発した言葉に責任を持つ意味でも、最も近いところで見守るつもりでこんなことを言い出したのだと思ったからだ。

「晃は、俺が香山にいたら邪魔なの？」

だが、人生に関わる進路を変更したというのに、とうの中津川はどこ吹く風だった。

「え？　そういう問題じゃ」

「そういう問題だよ。邪魔だと思うなら、そう言ってほしい」

「そんなことはない！　あるはずがない。けど……」

「なら、いいじゃないか。誰に言われたわけでもない。俺が決めた俺の道だよ」

「啓！」

そうしてこの件に関しては、終始笑みを浮かべながら、彼なりの決意を聞かせてくれた。

「確かに俺は父親の背中を見て育ってきたから、外交官という具体的な職業を目指して、勉強もしてきた。けど、何がしたくて外交官を選んだのかと言えば、母国と世界を繋ぐことを仕事にしたいと思ったからだ」

った。

「母国と世界を？」

香山には、そんな壮大な夢が、どうして配膳事務所への就職に繋がるのかが、さっぱりわからなかった。

確かに国際パーティーのような現場への派遣もあるが、中津川の言う「繋ぐこと」は、もっと国家間の橋渡しになるような、そういうスケールだと思っていたからだ。

「そう。けど、香山配膳で派遣仕事をするようになって、いろんな現場に出てみて、何も母国と世界を繋げる仕事は外交官だけじゃないなって。それこそ民間企業に勤めても世界と繋げることは可能だし。でも、俺は香山配膳の人間として、繋げたくなったんだ。日本のもてなす心を大事にしながら、最高の技術で接客をする。そんな心技を持って、一人でも多くの外国人に日本のよさを知ってもらいたい。好きになってもらいたい——ってね」

正直に言うなら、説明はされても、理解が追いつかなかった。

中津川の言わんとすることはわかるが、それでも外交官と、家内事業と大差のない派遣事務所勤めで、同じ夢が叶うというイメージができなかったからだ。

ただ、中津川の真剣さや、撤回は有り得ないという意志の強さは伝わってきたので、香山がそれ以上問うことはなかった。

「——わかった。そうしたら、俺も今の派遣期間を最後までやりきってから帰国する。それまで親父や事務所のみんなを頼むよ。中尾や仲間達と一緒に」

むしろ、自分が正式に帰国をするまでの留守を頼むと頭を下げた。

「ああ。最善を尽くすよ。でも、まずはその前に、響子さんの結婚披露宴だけどね」

「そうそう！　事務所を挙げて、盛大に送り出さないと!!」

香山の対応に、しばらく沈黙を貫いた中尾も安堵したようだった。

ただ、この中津川の進路変更から受けた衝撃が大きすぎて、香山は次に中津川と再会をしたら、どんなふうにときめくのか――などと考えていたことは、すっかり頭から吹き飛んだ。

しかも、翌日に行われた響子の結婚披露宴では、初めてのオール香山スタッフを率いてのサービスの陣頭指揮に立ったはいいが、感極まってしまったものだから涙が溢れた。

終始泣き顔で高砂を担当するという、伝説を作ることになってしまったのだった。


ローマに戻った香山は、それから三ヶ月も経たないうちに、日本にバブル経済崩壊の影響が出始めてきたことを知った。

それでも中津川達からの「こちらは大丈夫だから」という後押しもあり、予定通りに派遣期間を終えて、その後はマドリードに渡った。そこで予定より半年ほど長い一年の派遣留学を過ごすこととなったが、合計四年間、五カ国の派遣を終えたところで帰国をした。

このときには、中津川も大学を卒業しており、改めて香山配膳事務所の正社員として就職。

バブル崩壊と呼ばれる国内転機が来ていたこともあり、社長を務める父親の「経営そのものにも携わってほしい」という希望から、それまでにはなかった専務というポジションが作られ、就任することとなった。

そうして香山配膳事務所は、香山晃をトップにナンバーツー、ナンバースリーに中津川と中尾を据えた「二代目香山ＴＦ」と呼ばれるメンバー達を軸に、バブル崩壊の影響を弾き飛ばすような快進撃を始めた。

サービスにおける心技の上質さは当然のこととして、香山配膳には語学に長けた者からソムリエやシェフ・ド・ランの資格を持つ者、海外でのサービスキャリアを持つ者などが揃い、他の追随を許さない派遣事務所への道を切り開いた。

他事務所よりも派遣料は高額だが、同業他社とはまったく別の満足度を契約相手とお客様に提供することで、香山配膳は揺るぎないブランド力を高めていったのだ。

それこそこれが、不景気になっても顧客が離れないための信用作りであり、派遣先を東京近郊から国内全域へ、また世界へと広げていくための中津川の戦法だった。

香山の父親とその友の願いや目的を果たしつつ、中津川自身の夢を具現化するのに必要だったものこそが「香山レベル」の誕生、そして定着だったのだ。

(――なんだか、すごいことになってきた。これが啓の夢？　香山の人間として、日本と世界を繋げるって、こういうこと？)

香山自身は常にベストなサービスを意識し、仕事に励むだけだったが、世間の評価が目に見えて変わり始めたことは行く先々で感じ取っていた。

それこそ、していることは大差がないのに、事務所の方針と対価を明確にしたことで、契約相手の意識が変わったのだから、香山からすれば摩訶不思議だ。

だが、宴会課やレストランに派遣を取り入れているホテルや施設からすれば、香山から派遣を呼べる、対価が支払えるということが、時と共にひとつのステイタスとなっていった。

だからといって、単価として考えれば高額でも、同時間でこなしてくれる仕事量も質も違うのだから、考えようによっては十分元が取れるのが香山の登録員達だ。

そして、こうした世間からの評価が登録員達のモチベーションアップにも繋がり、よりよいサービスに繋がっていく。

策略と言うと聞こえが悪いが、香山から見れば、これらすべてが中津川の思惑通り。

呆気にとられているうちに、それこそときめきがどうこうということが頭から抜け落ちてしまっても、仕方のない理由だった。

しかも、そんな香山が激怒で頬を染めることになったのは、その年の秋のことで――。

「ふざけるな！　どういうことなのか一から説明しろ！　いきなり見合いって何なんだよ！」

ある日突然としか言いようがないが、中津川が大安に有休を入れた。

繁忙日だとわかっていて珍しいな――と、事務所でスケジュール表を前に首を傾げると、

「中津川専務。お見合いらしいですよ」

思ってもみなかったことを、事務の男性が笑って発したのだ。

（は⁉）

この状況になって、初めて中津川へのときめきを思い起こした香山もどうかしているが、それほど帰国してからの半年は、香山レベルの土台作りのために仕事で明け暮れていた。

事務所が一丸となって、中津川の指し示す方向へ邁進していた満足感や快感が大きくて、他のことに気が向かなかったのもある。

だが、それにしても――だ。

「――晃？」

仕事終わり、一人暮らしのマンションに突然奇襲をかけられた中津川は、呆然としていた。

香山が事前の約束なしに訪ねること自体は珍しくないが、それでも直前の電話やメールもなしにというのは、これが初めてのこと。

中津川は、風呂上がりに慌てて着込んだパジャマ姿で香山を招き入れることになった。

髪さえ乾かす余裕もないまま、食ってかかられる状況になったのだ。

「お前はずっと、俺が好きじゃなかったのかよ！　だから、去年の帰国したときに――俺にキスしたんじゃないのかよ！」

しかし、そんなことはお構いなしで、香山は中津川を攻め立てた。

夢かもしれないという迷いがあったことさえ忘れて、現実のこととして決めつけて、中津川に迫ったのだ。

「――っ。どうして……それを？」

すると中津川は、戸惑いながらも、キスしたことを認めた。

こうなると、香山の攻撃に拍車がかかることはあっても、弱まることはない。

「いくら酔って寝落ちしても、気がつくよ！　おかげで、しばらく悩んだ。あれはいったい、なんだったんだろうって。実は啓も姉貴が好きで、婚約したのがショックで――とか。やけくそで同じ顔の俺に――とか。考えられそうなことは全部考えた」

「なっ、それはない！　決してない」

「わかってるよ！　けど、そこまで考えたって言いたいだけだ!!」

「……」

いちいち憤慨しながら中津川をワンルームの奥へ、ベッドで後ずさりができなくなるまで追い詰めていく。

そうして中津川がベッドへ腰掛けるしかない状態まで迫ると、香山は目の前に仁王立ちする。

中津川は溜め息交じりに、香山を見上げた。

「――でも、だからこそ啓は俺のことが好きなのかって考えた。そして俺自身はどうなんだって自問した。けど、考えるまでもなく、留学中に思い出すのは啓のことばかりだった。親しくなった同僚達にも、日本でのことを聞かれて話すのは、いつも啓のことばかりで。そもそも俺は、啓以外は眼中にないんだなって、気が付いて」

「晃……、ひっ！」

香山の両手が伸びたかと思うと、羽織っただけのパジャマの襟を摑む。

「それなのに！　今更見合いって、意味がわからない！　あのときのキスに、特別な意味はなかったのか？　啓が進路を変えた理由に、ほんの少しも俺への好意はなかったのか？　全部俺の勘違いや自惚れか⁉」

荒立つ感情をぶつけるように、力任せに揺さぶり、ベッドへ押し倒してしまう。

すると中津川が、両手で香山の手首を摑んで勢いを止める。

こうした仕草一つが、香山にとっては拒絶をされたようで腹立たしい。

「――いや、そうじゃない。俺は晃を好きだし、恋もしている。それは晃が俺を意識する以前からだ。いつからどうしてって聞かれると、明確には答えられない。でも、いつの間にか俺の世界の中心

が、晃になっていた。大学に入ってから、香山配膳に戻ったのも、結局はそこが一番晃を感じられる場所だったからだと思う」

香山の手首を握る中津川の両手には、落ち着きのある口調とは裏腹に、力が入っていた。

「ただ――。晃が響子さんを好きというか、心から慕っていることもわかっていた。だから、彼女が理想の女性像なんだろうなって。いずれは似たような女性が現れたら惹かれるのかな？　恋をするのかなと思って――。それで、あの夜もそれとなく口に出たんだ」

しかし、中津川から事細かな説明をされると、香山もあの日のことを振り返る。

〝すぐに響子さんみたいな人が現れるよ〟

〝そうか～？　だったらいいけどさ～〟

香山はベッドの端へ腰を落とすも、よく覚えていなかった。眉間には皺を寄せていた。

正直に言うなら、酔っていたこともあり、あの日のことはキスをされたことしか記憶に残っておらず、肝心な響子の婚約者やその家族との顔合わせ――食事会で何を話したのか、食べたのかすら思い出せなかったからだ。

だが、人間の記憶なんてそんなものだろう――と、香山は思う。

「今にして思えば、言い方を間違えた。あの場で、晃には俺がいるだろうって言っても、晃は同じように答えたかもしれない。そんな気がする。けど、あのときは出来上がっている関係を壊してまで、告白をすることは考えられなかった。それで、晃の気持ちを探るような言い方をして、勝手に玉砕をした」

中津川は、香山の両手首を摑み直すと、ひとまず襟から外させた。

香山にはそれが、自身への拒絶や中津川の諦めのように見えて腑に落ちない。

「やっぱり俺のことは、恋愛対象としては見れない。親友や同僚以外には、なれないんだなって。けど、それでも友人として香山晃の隣に立てるのは俺だけなんだからって諦めて——。いや、諦めるのに何かひとつでも欲しくなったんだろうな」

微苦笑と共に視線を外され、苛立ちが生まれる。

香山は、どうして中津川からこんな態度を取られるのかが、よくわからなかった。

「それで、キスかよ」

「衝動だった。言い訳や説明はできない。晃が目を覚ましたときには、後悔もした。まさか気付かれているとは思わなかったから、必死で平静を装った」

ただ、中津川の態度や言葉の節々から、香山は自分の思惑とは大分違っていることだけは、理解ができた。

(結局俺は、振られたってことか？)

自問が脳内を巡る。

「後悔——ね。だからそのまま全部なかったことにして見合いかよ。考え抜いた結果、俺達は両思いだなって信じ切った上で。けど、まずは仕事だよな。事務所に根を張る覚悟を決めてくれた啓のためにも、二代目トップとしての信用作りだよなって張り切った俺は、完全に独り相撲か？」

吐き捨てるように放つと、香山も中津川から目を逸らした。自分の思うようにならないからといって、八つ当たりもいいところだという自覚はあるが、セーブできずにぶつけてしまった。

それこそ、このままでは築きあげてきた友情まで崩壊させそうで、香山は次に発する言葉を探した。

どうやってこの場から上手く撤収しようか——そんな台詞をだ。

しかし、ここで中津川が上体を起こした。背けていた顔ごと視線を戻す。

「独り相撲って——。晃には恋人がいるんだろう。ローマあたりからは、そう言って誘いの類いは全部断ってたんじゃないのか？」

明らかに八つ当たりとわかり憤慨したのか、口調が怪訝そうなものに変わる。

「——？　どうしてそれを？」

「晃に告白した中の一人が、マンデリン東京の宴会課長さんの知り合いだったんだ」

香山が向き直り、ベッドで隣り合って座る彼に、視線を合わせる。

いっそう困惑を見せる中津川に、香山はようやく自分も誤解されていることに気が付いた。

「は？　課長の知り合いって、誰のことだ？　ってか、こう言ったら俺が可哀想で仕方がないが、ここ数年俺に告白してきたのって全員男だぞ！　それで姉ちゃんに似てたら、俺そっくりってことじゃないか。仮に容姿が別でも、あの性格は論外だ。俺がシスコンなのは、あくまでも身内で、あの見た目で、あの性格だからであって。まったくの他人だったら御免被るって」

ややこしい説明をしつつも、香山はローマからマドリードで告白してきた相手を思い返した。

東京の宴会課長の知り合いと言われても、同業なのか客なのかもわからなければ、そもそも一晩寝たら仕事以外で不要なことは忘れてしまう香山だ。

二国だけでも両手を超えるナンパ男の存在など覚えているはずがない。

むしろ「ホテルに、晃には太い客が付いてるって思われるほうが、大事にされるだろう」などと言って、行く先々に現れてはパーティーを開いて散財していったハビブやその友人達のほうが、よほど記憶に新しいというものだ。

「なら、恋人って？」

「啓のこと……だよ。俺の中では、自分が啓からのキスなら応えられるって確信したときから、両思いが成立していた。勝手に成立させた挙げ句に、これに関して一度も触れてこなかったのは悪かったが、それなら啓も同じだろう。だから俺は、言葉にしなくてもわかり合える仲だしな――って、納得していて」

「――晃」

改めて聞かれて説明するも、次第に恥ずかしくなってくる。

（いったい何を言わされているんだ、俺は⁉）

しかし、こうなったら恥ずかしいも何も言っていられない。

香山はひとまず話を最初に戻して、中津川に説明を求めることにした。

「それで見合いは⁉」

すると、中津川は力強く言い放つ。

「当然、断るよ。そもそもこの見合い話は、不義理をしたんだからと父親に迫られて、一度だけならと顔を立てるために受けただけだ。付き合う気は毛頭ない。晃が誰かと結婚しても、俺は一生一人でいいと思ってきた。なんなら香山配膳と添い遂げればいいと決めてきたんだから」

中津川が香山の肩を両手で摑み、真っ直ぐに見つめてきた。

香山は途端に胸がキュンとし、あらゆる感情が吹き飛んでいく中で恥ずかしさだけが残る。

「俺の人生に晃以外は必要ない。仕事でも、プライベートでも」

「啓」

香山は自分から見下ろしていたときにはわからなかった、中津川の力強さを両肩に感じた。

感情に任せて、彼のパジャマの前を乱したのも自分だというのに、今になって視界に入る彼の胸元に、生乾きの髪が魅せる艶めかしさに動揺してしまう。

「俺からのキスなら応えられるって本当？」

誤解が解けたからか、香山本人から「両思い」だと聞いたからか、明らかに目つきや声色が変わった。ここへ来て、香山は自分が勢い任せにすごいことを言ったかもしれないと気付く。

「あ……、ああ」

「なら、応えてみせて」

「いきなり？」

「今ここにいる君が、それを言う？」

先ほどまでとは打って変わり、中津川から極上の笑みが浮かぶ。

確かに、いきなり来て難癖を付けたのは香山だ。最初は意味がわからず困惑しただろう中津川だが、いったん冷静になったら敵うはずがない。

「……ごめん」

「謝る必要はない。晃から行動を起こしてくれなければ、俺は誤解したままだった。一生諦めていたかもしれないんだ。こんなに嬉しいことはないよ」

そう言って、はにかむ中津川が改めて抱き締めてくる。

（啓）

どちらのものともわからない胸の鼓動が身体中に伝わり、全身が火照る。

少し首を傾げるようにして近づく顔を、そして唇を香山は黙って受け入れる。

（――っ）

軽く触れるだけのキスに、香山は震え始めた指先を抑えるように拳を握り締めた。

抱き締める中津川からは、今にも歯列をこじ開け、貪るのではないかという欲情を感じるのに、唇は触れるだけに留まった。

香山は少し戸惑う。

「――夢みたいだ。たとえで〝晃が誰かと結婚しても〟なんて言ったけど、それが現実になっていたら、俺は一人で見守るなんてしない。きっとハビブと同じことをする。晃を攫って逃げる」

しかし中津川は、最初のキスで香山が抵抗なく受け入れたことを確認したためか、二度目は強く押しつけてきた。すぐに貪るような、激しいものに変わる。

改めて触れた唇の感触に浸る間もない。

「んっ……っ」

（啓――っ）

香山は、どう受け止めていいのか、返していいのか迷ううちに歯列を割られた。

躊躇いもなく潜り込む舌に、舌を搦め捕られる。

息を止めて、縋るようにして彼のパジャマを摑むと、今度はベッドへ倒された。

（――）

全身で中津川を感じて、いっそう身体が火照り、香山の思考が一瞬止まった。

太股に熱く憤る中津川自身が当たり、意識してしまう。それに気付いて更に頬が赤らみ、覚えのない反応ばかり起こす自身に対しても困惑が増す。

「好きだ。俺は、晃を愛してる」

耳元で囁く声にコクリと頷くも、身体も思考も上手く働かない。

自分を抱き締めた中津川の両手が、衣類を剝がしにかかる。

「怖い？　今ならまだ、引き返せるよ」

困惑し続ける香山に中津川が問いかける。

そうは言っても、すでに中津川自身は形を変えており、欲情の大きさを香山に突きつけている。

意識すればするほど身体が火照り、香山自身も反応してしまう。初めてのことに思考が追いつかなかっただけで、中津川への答えはすでに香山自身が示している。

「ふざけるな……。ここまでして……、引き返せるわけがないだろう」

震える声で発すると、気持ちが定まったのか、香山も思考が回り始めた。

——啓は俺が好きなんだろうか？　キスをしたってことは、抱きたいんだろうか？

そんなことを考えるようになってから、香山も思いを確認し合えば、こうなることは予想してきた。

勝手な妄想だが、それでも嫌悪は覚えなかったし、今も緊張や戸惑いはあっても、それだけだ。

ただ、いざ中津川を前にすると、香山の想像とは少し違った。

香山の知る彼は、常に優等生で誠実で、ここまで直情的な姿は想像してこなかったからだ。

そしてそれは、戸惑った自分自身にも言えることで——。

「俺の人生にも、啓だけだから」

香山は、意を決して微笑を浮かべた。発した言葉にも、揺れ惑う感情にも嘘はないが、それ以上に自分が中津川に対して抱く思いはまったくブレることがなかった。

「晃」

「好きだ、啓。こういったらあれだけど、啓の将来は香山配膳と俺がもらった。けど、俺と香山配膳もお前のものだから。セットで悪いが、一生付き合ってもらうことになる。そういう意味では、引き返すなら今しかないぞ」

真っ直ぐに視線を合わせて、自ら両手を中津川のほうへ向ける。

「ここで引き返すくらいなら、最初から香山配膳には入ってないよ。改めて晃にキスなんかしていない。こうして肌を求めたりしない」

仕事先で話を聞きつけ、慌てて出てきた香山は、黒服の上下だけを普段着に替えてここへ来ていた。ノリの利いたシャツに黒のスラックスとスタイルはラフだが、それでも仕事着のシャツを脱がすことに、中津川は特別な感情を抱いていたようだ。

ボタンを一つ一つ外し、前を開くと、固唾を呑んだように見える。

しかし、それより香山は中津川の乱れたパジャマを見ながら、急にハッとした。

「――あ、風呂」

「それ、今気にすることじゃないから」

中津川がクククッと笑う。香山は思いつくまま発しただけだろうが、彼にとっては丁度良く緊張がほぐれたようだ。

余裕が出てきた中津川の微笑に、香山はいっそう胸がときめく。

「せめてシャワー」

口走りながら、身体が引けた。

（あれ？　啓って、もしかしてけっこうなイケメンか？　正統派なハンサムか？）

誰が聞いても、今更何を言っているんだと驚きそうだが、香山自身がそもそも他人の顔立ちにはそこまで関心がなかった。確かに中津川が長身で黒服に着られない、きちんと着こなせるだけの体格や立ち振る舞いの持ち主だということは、最初から理解していた。

ただ、ビジュアルで好意を持ったわけではないので、特に気にして見たことがなかったのだ。

それだけに、何もこの期に及んでときめく理由を増やさなくても――と思ったが、一度意識し出すと、止まらなくなるのはキスも彼のマスクも同じだ。

「――だめ。晃はどんなときでもいい香りがするよ。それをシャワーでなんか流されたくない」

まさかそんな理由で、余計に顔を赤くしたとは想像も付かないだろうが、中津川は気に入ったようだ。これまでには、一度として口にしたことがなかったようなことまで言い出し、ますます香山の羞恥心を煽ってくる。こうなると、香山は弱い。

「真顔で言うな。自分は済ませたから涼しい顔をしてるんだろう」

「ここで中断したら、再開できる気がしない。だから、今夜は――ね」

少し強引に衣類を剝がされ、ベッド下へ落とされても、実はこいつは声質も良かったんだな――などと、自分を追い込むことにばかりに気が行ってしまう。

しかも、中津川がパジャマを脱いで覆い被さってくると、自分よりも広い肩幅から、筋肉質な四肢までが嫌でも目に入る。肌を重ねれば自身の色白さが浮き立ち、鎖骨から胸元に、そして腹部へキスをされると、まるでか弱い存在にでもなったような錯覚まで起こしそうだ。

そんなはずはないのに——。

(今夜はね……って。んっ)

徐々に下肢へ向かうキスが太股の付け根へ着いたところで、脚を開かれる。

力強さとしなやかさを兼ね備えた両手が愛撫をしながら、香山自身を握り込んできた。

一点から全身に向けて快感が広がり、力の入った爪先がベッドを滑る。

「こういうの……、慣れてないから、最初はさっさと終わらせたい」

背筋から腰が疼《うず》いて、弱音を吐く。

「やっぱり嫌なの?」

「恥ずかしいから、じっくり見ないでほしい。丁寧に触られるのも拷問だ」

「一生に一度しかない、初夜の至福を奪うの?」

もはや、自分が何をされているのか目視ができなくて、香山は瞼を固く閉じる。

しかし、これは感度が増すだけだった。つい先ほど自分の口内へ差し込まれたはずの濡れた舌が、今は羞恥と絶頂への期待から膨らむ香山自身に絡み付く。

香山は「あっ」と声が出そうになったのを堪えるように唇を噛む。

「これっきりってことじゃないだろう? それに、一生至福なんだから……、今晩くらいちゃちゃっと済ませたって、罰は当たらない……だろう」

すでに中津川の為すがままだ。なのに、行為だけに集中ができない。

まだ残っている羞恥心が欲情を、そして次第に強くなる快感への好奇心の暴走を止めてくれるが、そうでなければどんな醜態を晒してしまうのか、わかったものではないからだ。

「晃らしいな。見た目だけなら、俺のほうが弄《もてあそ》ばれても不思議がないのに」

「——は？　なんで俺が——、んんっ！」

それでも急に自身への刺激を強くされれば、呆気なく堕とされる。

扱《しご》かれ、しゃぶられ、容赦なく送り込まれる快感に堪えるよう、ずっと力が入っていた腰から爪先までの力が抜ける。

（——待て、どこへ出した？）

絶頂と同時に焦りを覚えて、頑なに閉じていた瞼を開く。

すると、中津川がしたり顔で口元に手を当てている。

今にも呼吸が止まりそうだ。達したばかりだというのに、身体の火照りが鎮まることがない。

「だから見た目だけならって言っただろう。晃は、自分の魅力に疎すぎるんだよ」

再び香山の恥部に顔を埋めると、中津川は悦び尽きた香山自身にキスをした。

「どんなにわがままを言っても、それに従う男が世界中にどれほどいることか。むしろ、晃のわがままをすべて叶えられるのは自分だけだと、証明したい男がどれほどいることか——」

香山の放った白濁で、滑りを得た掌が陰部へ差し込まれてくる。

しなやかな指の先が、固く閉じた窄みを探り当てると、優しく触れながら入り込んできた。

反射的に力の入った下肢をほぐすように、中津川の指先が抽挿し始める。

香山の中で、恥ずかしいより奇妙な背徳感が勝り始めた。

「けど、君は自分の望みはすべて自分自身で叶えるし、そもそも他人に対してわがままなんて言わない。そういう発想がない。君に惹かれて、好きになる男は、みんなそれをわかっている。だから、俺は常に嫉妬をされてきた」

「──っ、嫉妬？」

徐々に奥へ攻め入る彼の指に、香山は身体を捩らせた。追い出したいのか、もっと欲しているのか、自分でも曖昧だ。

だが、肉体の中を初めて触れられる嫌悪感とも快感とも言えない変な感覚に、次第に囚われていくのは、わかった。

──変な癖を植え付けられそうだ。

ふと、そんなことが頭をよぎる。

「君が何気なく発するそれ取ってや今日時間ある？　悪いけど何々してくれる？　任せちゃっていい？　ピーマンとレタス取り替えて──。他にもたくさんあるけど、こんな小さなことでも、自分に言ってほしい、頼んでほしいって思っている男は数え切れないくらいいたからね」

「それ……、ただの奴隷志願じゃないか」

声も絶え絶えに会話をしつつも、ゆっくり出入りする長い指に慣らされていくのがわかる。

バランスの取れていた嫌悪と快感の天秤が、次第に快楽のほうへ傾いていく。

「そうとも言うかもしれないけど──。でも、大概のものを手に入れた富豪達なら、あとは自分が傅いてでも得たいと思うパートナーを欲しても不思議はないよ。ままならない、思い通りにならない恋にこそ、かえって面白みや興味が強くなるんだろうからね」

「啓もそうなのかよ」

そうしていったん指が抜かれた。

香山は安堵と不安が入り交じる中、更なる快感への期待なのか、自身を回復させていく。

結ばれるための覚悟ほどではないにしても、キスより先への好奇心はあったのだろう。

それでも、いざほぐされた密部を中津川自身で探られると、緊張が戻った。

瞬間、中津川が今一度顔を近づけてキスをしてくる。

頬に、こめかみに、そして額に――。

そのキスがあまりに優しすぎて、今一度湧き起こった気恥ずかしさが緊張を解く。

「俺は対等でいたいよ。けど、晃が無意識に俺だけを頼ってくれる、何かを言いつけてくれることに関しては、嬉しいし誇らしいよ。必要とされていることがわかるし――。でも、やっぱり俺にも、晃の奴隷志願的なところがあるのかもね」

「馬鹿言えよ。だとして、どこの世界に、主《あるじ》にこんなことをしてくる奴隷がいるんだよ」

密部を探られ、見出した窄みに中津川自身が宛てがわれた。

香山は不思議なほど力を抜いて、自身の中へ入り込んでくるだろう彼を待つことができた。

「世界中にいるだろう。奉仕なんだから」

「んっ……っ、やめろって。なんかその目も言い方も洒落にならな――あっ……っん」

それでも実際に挿入を許すと、考えもしていなかった圧迫感に襲われ、香山は中から腹部を突き刺されるような感覚に身を捩った。

「辛かったら、言って」

(言えるか、ばかっ)

反射的に両腕が伸びて、中津川の背を捉える。

怯え驚く身体が逃げないように、香山のほうからしがみついていく。

「言われても、もう――、引き返せないけど」

（結局それかよっ!!　んんっ――っ！）

心身の叫びを受け止めたのだろう、そこから中津川は自身の悦びをも求めて、身体を突き動かした。

深々と差し入れられる中津川自身に、香山は身体のほうが慣れるのを待ちながら、彼の背に縋り続ける。

（痛っ!!）

「――晃」

それでも味わったことのない苦痛に、自然と彼の背に指が食い込んだ。

だが、先ほどの中津川の言葉ではないが、今ここで引かれたら、再開は難しい。

身も心も怖じけてしまいそうで、しかし、香山にとってはそのほうが怖い。

今よりもっと遠慮が出そうで、中津川に気を遣われそうで――。

「いいから……っ。気を遣うなっ。半端にされても、俺が不完全燃焼を起こすだけだ」

香山は中津川を求めながら、自分を奮い立たせた。

「明日のことは、明日考えればいいだろう。だから、今は俺のことだけを考えろ」

中津川にいっそう自分を求めさせながらも、自分の中へ、より深い場所へ捉えていった。

「俺と一緒に、よくなることだけを――、んっ」

放さない――こいつは俺のものだ。俺だけのものだと本能が叫ぶ。

それに応えるように、中津川も香山の中で尽き果てることを望んで、身体を動かし続けた。

「――っ!!」

(啓――っ)

そうして、中津川から絶頂へ達した証が放たれる。

香山は肉体の奥でそれを浴びると、心身を悦びで震わせた。

(好きだ、啓。愛してる。死ぬまでお前は俺のものだ。けど、死んでも俺は、お前だけのものだから――)

7

香山は瞼を開くと、気恥ずかしくも幸福な思い出から目を覚ました。

(――夢? 結局、思い返しながら寝落ちした?)

どこまでが記憶で、どこからが夢なのかはわからない。

ただ、いざ思い出そうとして、ここまではっきり思い出せるかと聞かれたら自信がない。

実際に記憶を辿ったところで、断片的なものにしかならないだろう。

そう考えると、夢でも当時を振り返ることができたのは、仕事尽くめの果てにふて寝をすることになった香山には、幸運に感じられた。

身を返すと、隣にはまだ寝ている中津川の横顔がある。

(とはいえ――。夢ならではのご都合主義だな。実際はあれからが大変だった。それこそ進路を変えたことで、啓は親父さんと大喧嘩。絶縁寸前でしばらく距離を取っていたところへ、見合い話を通じて、会話ぐらいは戻ったところだったのを、バッサリ断ったんだから)

二人で生涯を共に歩もうと決めた中津川は、見合いを断る際に香山を同行させた。

「一生彼と添い遂げる」と伝えて、父親を激怒させたのだ。

香山は生まれて初めて、声を震わせて「勘当だ」と発した親を見た。

あれはドラマや作り話の中だけのことかと思っていたが、自分の甘さを痛感した出来事だ。

それでも側にいた母親は、夫に落ち着きを促《うなが》していたが、息子の中津川の決断を否定はしなかった。

父親の視点や考えとは違うのだろうが、母親のほうは生まれたときから海外を転々とし、常に大人の世界に身を置いた中津川を気にかけていた。十歳離れた昴が生まれてからは、更に弟のほうにばかり気にかけていたためか、同世代の友人ができずにいたからだ。

そんな息子に、母国で香山という親友ができた。これだけでも十分安堵しているようなことは学生時代にも話していたので、そこから特別な結びつきになったとしても、「啓が選んだ人よ。一生一人でいることを考えたら、心強いじゃない」ということなのだろう。

実際、父親を宥めるのに、そう言った。

香山に対しても「啓をよろしくね」と頭を下げてくれて、中津川には「私が最期までこの人に付き添うから心配しないで。あなたはあなたが思う幸せの道をゆきなさい。昴だって直ぐに大人になるんだから、何一つ気にすることはないからね」と、笑ってくれた。

そして、それを最後に中津川の両親とは会っていない。

その後も父親の仕事で海外を回ることが多かったというのも理由の一つだが、母親が定期的にエアメールを送ってきていたので、中津川としては安心して距離を取っていたのだろう。

弟の昴も、高校の年になるのを機に母国へ腰を落ち着けた。

彼とは行き来がある上、帰国後は香山達に影響を受けて配膳を始め、大学を卒業後はホテルの宴会課へ就職。現在はホテル・マンデリンハワイで宴会課を仕切っている。

一方、中津川の父親から勘当を言い渡された手前、香山の家族はどうなのだろう？　という不安はあった。

だが、一生共に生きるのなら報告は不可欠だと考えて、二人で父親と姉夫婦に報告をした。

すると、

〝――え⁉　それって啓くんが一生この子の面倒を見てくれるの⁉　本当にいいの？　大丈夫？　後悔しない？　この子、仕事はするけど、家に入ったら黒服の手入れ以外何にもしないわよ！　間違いなく啓くんだけが家事に仕事にってなると思うけど、その覚悟はあるの⁉　もしくは、躾け直せる？それができるなら、うちのほうは大歓迎よ！　晃の先行きも事務所も安泰とか、天国の母親だって泣いて喜ぶわよ。ねえ、お父さん。あなた！〟

〝……あ、ああ。確かに。そう言われると、この晃と事務所を一緒に任せられるのなんて、世界中を見渡しても、きっと啓くんしかいないだろうからな〟

〝確かに。どちらか一方ならともかく、両方安心してとなったら、啓くん以外に考えられないです〟

〝ですって！　よかったわね、晃。間違ってもバカなことして、啓くんに愛想尽かされるようなことになるんじゃないわよ！　あんただけでなく、事務所の将来もかかってるんだからね‼〟

おそらくその場に居合わせた全員が「そういう話じゃないだろう⁉」と、突っ込みたかったことだろう。だが、響子があえてテンション高く、こんな言い方をしたのは、実家で勘当された中津川を気遣ってのことだ。

時間をかけて結ばれ、決断しただろう二人に、世間体などのマイナス面を探したところで、意味がない。それならプラス面だけをピックアップし、笑顔で「おめでとう」と言うほうが、この場の誰にとっても実りのあることだという判断をしたのだ。

こうして、香山は中津川と共に人生を歩むと決めた。

同年には、姉夫婦に響一も生まれて、その二年後には響也も生まれた。

二人の周りは、いっそう賑やかなことになり、またあえて世間に公表はしなかったが、二人のパートナーシップは縁の濃い者達とのやり取りから自然と広まり、暗黙の了解となっていった。

それには二人がサービスマンとして、また社会人として揺るぎない高評価と尊敬を得ていたこともあるが、何より周囲から見ても二人が似合いだったのが一番だ。

そうして香山は、三十五歳になったときに父親の跡を継いで二代目社長となった。

本当なら中津川に――と思っていたが、彼には最初から専務以上の役職に就く気がなく、香山にも「しばらくは社長自ら現場に出向いて、香山配膳の広告塔でいてほしい」と願ってきた。

中津川が現場派遣からは事実上引退をし、事務所ですべてを取り仕切ることを決めたからだ。

また、その後に起こったリーマンショックの影響により、香山も現場仕事を半分にして中津川の切り盛りを手伝うようになったが、それでも同業他社に比べれば、香山配膳は常に仕事のある事務所だった。

これこそが中津川が舵を切り、香山配膳のブランド強化を進め、また登録員が香山共々一丸となって作り上げてきた「香山レベル」と呼ばれる心技を極めた結果だ。

ただ、香山からすれば、中津川が家族よりも自分を、そして香山配膳を選んでくれたからこその現在であって、中津川とその父親が引き換えにしたものは大きい。

ドバイへ向けて出国する際、香山が久しぶりに中津川の父親の話題が出たことで、胸が締め付けられたのは、今でも自分一人が何ひとつなくしていない。得てばかりだということに対して、負い目があるからだ。

(けど、俺の周りが気にしなかっただけで、世間一般の親からすれば、親父さんの怒りは当然だ。ましてや、二十年も前の話だ。当事者どころか、家族まで纏めてボロくそに悪態をつかれなかっただけでも、感謝しないといけないし――)

中津川の父親は、憤りはすれど、終始声を荒らげることはなかった。

あれこそが本物の品格だ。香山は、こう言えば中津川は渋い顔をするかもしれないが、彼の落ち着きや品の良さは、父親譲りだと思っている。

容姿もそうだが、本当にちょっとしたところが、よく似ているのだ。

しかし、だからこそ、思い出す度に申し訳ない気持ちになるのも確かだ。

(啓――)

香山がジッと寝顔を見ていると、中津川が睫《まつげ》を揺らした。

ゆっくり瞼を開いて、当たり前のように香山へ顔を向けてくる。

「おはよう。昨夜はごめんね」

「おはよう。いいって。朝から謝るなよ。それより、こいつらはいつからいるんだ?」

香山は照れくさそうにしている中津川に笑って返すと、足下のほうへ目をやった。

見れば、パジャマ姿の響平とマリウスが、潜り込んで眠っている。それなりにスペースはあるが、寝相のよい中津川側でなければ蹴り落とされていたかもしれない。

「さあ？　先に寝たから、途中で目が覚めてトイレにでも行ったのかもね」

「なるほどね」

想像で話をしながら、二人は上体を起こして、寄り添って眠る響平とマリウスを眺めた。

その寝顔は世界で一番穏やかで、幸せそうだ。

（俺もこんな顔で寝てるのかな？）

香山はふと、そんなことを考えた。

「俺もこんな顔をして寝ているのかな？」

すると、まったく同じことを中津川が呟いた。

「――ああ。寝てるよ。けど、啓がそうなんだから、間違いなく俺もそうなんだろうけどさ」

香山はそう言って手を伸ばすと、中津川の頬に軽く触れた。

中津川はその手を取ると、クスッと笑う。

そして、「そうだね」と言うように、香山の手の甲にキスをする。

何もないと言えば嘘になるし、些細なトラブルくらいは日常の中でも起こる。

それでも香山は、こうして中津川と共に生きられることが、そして笑顔の絶えない家族や仕事仲間に囲まれていることが幸せだった。

プライベートジェットは、それから一時間後に羽田空港へ到着をした。

香山は直ぐに予定していた派遣先へ出向くことになったが、その顔にはいつにも増してやる気が満ちていたのだった。

＊＊＊

慌ただしくも、改めて幸福を嚙み締めることとなった香山に、新たなトラブルが舞い込んできたのは、ドバイから帰国した週末のことだった。

（――どうしてなんだよ！　聞いてきた限り、あんな人じゃなかったと思うのに）

本日の派遣先はホテル・マンデリン東京で、日中に披露宴が二本。本来なら夕方にはアップするはずだったが、社員側に急病で早退者が出たために、その穴埋めをすることになった。

このあたりは、目の前で困られては、無視ができない。ましてや早退者が抜けて宴会部長が顔色を悪くしていたのは、都内在住の欧州大使館関係者が集う立食パーティーだ。

人数だけなら、他部署から連れてくることも可能だろうが、ある程度語学ができる者となると選択も限られる。そこは理解していたので、香山のほうからフォローを申し出た。

ここは長年の付き合いもあり、持ちつ持たれつだ。

しかし、いざパーティーが始まってみると、招待客の中には外務省や環境省といった省庁関係者達も顔を揃えていた。

中には度々中津川との会話にも出てきたスーパラティブ・サービス・パブリック・スクール企画――通称ＳＳＰＳプランの責任者となった越智の姿もあり、また定年退職後はホテル華京の相談役のポストに就いた中津川の父親の姿もあった。

越智自身は、ここで中津川の父親とはち合わせるとは思っていなかったのだろう。声をかけられて、顔が引き攣《つ》っていた。何せ、面と向かってしまえば、ただの世間話で済むはずがない。

どんなに中津川から「父親は無視していい」「自分の仕事に徹しろ」と言われていても、相手は大学の先輩の父親という肩書きだけの男性ではない。越智自身は所属も違い、直接の部下だったわけではないが、ＳＳＰＳプランに関わっている省庁の中には外務省なども含まれる。

そこで、自分より遥かに地位のある人間達でさえ、一目置いているのが中津川の父親だ。

当然、そんな彼を退職後に相談役として受け入れたのだから、ホテル華京としては今こそコネでも人脈でも発揮して、仕事に繋げてほしいだろう。これから決めることとなるＳＳＰＳプランの大学及び講師となるホテルに選ばれれば、その支払いは公費だし、何より最上級サービスを教授する職業訓練大学としての地位や名声も手に入る。

しかし、国内屈指のホテルを知り尽くした香山から言わせれば、学び舎《や》の候補に相応しいホテルは都内だけでも十指を超える。

仮に外資系ホテルを外して、国内資本のホテルに絞ったところで五指を超えるだろうし、老舗《しにせ》の高級旅館などまで含めて全国まで枠を広げたら、最後はくじ引きで決めても不思議がないほど、優れたサービス理念と人材を揃える施設はたくさんある。

そんな中で、ホテル華京を候補に挙げて、訓練大学の場とするには無理がある。

ここは香山配膳との契約のあるなしを問わず、これまでにたったの一度も「特別にサービスがいい」という評判を耳にしたことがないからだ。

逆を言えば「とても悪い」とも聞いたことがないので、平均的なサービスレベルは守られているのだろうが――。

とはいえ、中津川の父親自ら声をかけるのではなく、現役の後輩や大使館関係者を通して越智に話しかけるのはいかがなものか――と、香山は憤りを覚えた。

〝申し訳ありませんが、ＳＳＰＳプランに関してのお話はできません〟

〝そう、固いことを言わなくてもいいじゃないか〟

〝そうだよ、越智くん。中津川さんが充分検討に値するホテルだと言っているんだ。まずは企画の者達と、様子を見に行ってくれるぐらいはいいだろう〟

〝だとしても、視察は私の仕事ではありませんし、候補を決めるのも私の一存ではありません。それに、これに関しては前任者が問題を起こしていますから、専門家の意見を聞いた上で、誰もが納得するだろう施設を選ぶつもりです〟

〝越智くん。それはわかるが、私の顔も立ててはくれないかい？〟

〝そうだよ。宴会のサービスなんて、どこもそう変わらないだろう。何も老舗料亭やレストランじゃないんだから〟

ホテル華京側との癒着や内部圧力と取られないために、あえてこんな場所で世間話のように話をしているのだろうが、それは作り笑いや口調だけだ。

越智に向けられた彼らの目を見れば、高圧的なのは伝わってくる。

中津川の父親はワイングラスを手に、一歩下がったところから様子を眺めているだけだ。

〝それでしたら私が見に行かせていただきましょうか？〟

香山はトレンチに載せた新しいワインを差し出しながら、その場にいた者達に声をかけた。

〝君は……〟

〝香山さん‼〟

すると、怪訝なそうに香山を見てきた男達の中で、越智が年甲斐もなく泣きそうな声を上げる。

香山が思った以上の圧力を感じていたようだ。

〝失礼。今は仕事中ですので、詳しいお話はできませんが。もし、ご希望があるようでしたら、越智さんを通してお申し付けください。倶楽部貴賓館東京のサービスに不合格を出した者の雇い主としては、越智さんの仕事を増やしてしまったことには責任を感じていますし。あ、これでも宴会現場だけでなく、高級料亭からレストランまで熟知していますので〟

香山は、そう言って手にしたグラスワインを、一番離れていた中津川の父親に差し出した。

美人は怒ると映えるの譬えではないが、香山の笑顔が美しいほど、サービスを嘗めてかかっている男達に激怒しているのが伝わり、越智は更に怯えている。

〝――それはいい。君に査定してもらえるなら光栄だよ。きっとこれまでの償い込みで、満足のいく答えを出してくれるんだろうからね〟

彼は空のグラスをトレンチへ置く代わりに、香山から新しいグラスワインを受け取った。

周りは首を傾げ、越智は不安そうにやり取りを見ていたが、香山は軽く会釈をしてその場から去った。

一方、香山から「今夜は事務所へ寄ってから帰る」という連絡を受けていた中津川は、男性事務員二人と「終わったらみんなで飲みに行こうか」「『いいですね！』」などと話をしていた。

「『お疲れ様です！』」

そこへ派遣先から響一と響也が揃って現れた。事務員達は歓迎を示すように「『お疲れ様』」と声をかけながら、一人がコーヒーを淹れに席を立つ。

しかし、中津川だけは首を傾げた。

「お疲れ様。どうしたんだい？　今日は二人とも赤坂プレジデントだったよね？」

響一と響也の住まいは六本木のタワーマンションで、随分前からそれぞれのパートナーと暮らしている。当然普段は、派遣先から自宅へ直帰だ。事務所へ顔を出すのは、面と向かって何か話があるときだけだ。

しかも、こうしたときの話に、いい報告や内容だったことは三割程度。中津川が警戒したのは、話す前から残り七割のほうを予感したからだ。

「相談があって寄ったんだよね」

「相談？　シフト変更でもしたいの？」

「それより叔父貴って、今日はマンデリンで披露宴二本だよね？　まだ戻ってないの？」

響一と響也は室内を見渡し、この場に香山がいないことを確認している。

「ああ。急に三本目を引き受けることになってね。相談って、晃に？」

中津川は応接セットに二人を座らせ、自分も向かい合うようにして席へ着く。

「実は、結婚披露宴をやりたいんだ」

「ん？　響一くんが？」

突然切り出された話に、中津川だけでなく、事務員達も目を見開く。

コーヒーを淹れてきた事務員など、危うく手からトレンチを滑らせそうになっていた。

「ううん。俺じゃなくて」

「そうしたら、響也くん？」

「まさか！　もっと先にやらなきゃいけない人達がいるだろう。ね～っ」

「そうそう。ね、啓くん！」

「は⁉」

何やら話の雲行きが怪しくなってきた。中津川は突然「ね」と言われても、困惑するだけだ。

「じゃじゃーん！　俺達で専務と叔父貴の結婚披露宴を企画しました～！」

「え？　誰と誰のだって？」

「だから啓くんと叔父貴の！」

「っ⁉」

――何、ふざけたことを！

一瞬、相手が響一や響也相手でも言ってしまいそうだったが、それを堪えられるのが中津川だ。

それでも、どうしたらこんな発想になるのか、笑みを浮かべた頰肉が引き攣ってくる。

「いや、ちょっと待って。言ってることの意味がわからないんだけど」

「意味も何もないよ！　ほら、前に〝やろうやろう！〟って盛り上がったときには、結局桜さんやハビブ達が乗ってた豪華客船が残念なことになって、それどころじゃなくなっちゃったでしょう。でも、俺達としては、あれがずっと気がかりで！」

意気揚々と説明をしてくれる響也だが、中津川からすれば、そもそもそんな予定があったのか？とまったく記憶がない。

しかし、それも当然だ。以前、響也達が中尾達と悪乗りをして〝社長と専務の今更披露宴〟と題して関係者一同で企画をしたのは、サプライズプレゼントだ。

しかも、この結婚披露宴は、隕石の落下による損傷が原因で沈んでしまった豪華客船の乗組員や常客達を元気づけるための〝ファーストプリンセス号関係者を慰労激励する会〟に変更されており、香山や中津川が知っているのは、こちらの慰労激励会だ。

どんなに事務所が請け負ったスケジュールはすべて熟知している中津川でも、聞いたこともない結婚披露宴では首を傾げるしかない。

ましてやそれが自分と香山のとなったら、悪ふざけとしか思えなくても当然だろう。

「この前、馴れそめとか聞いたら、余計に〝やっぱりやりたいよね！〟って、兄貴と盛り上がっちゃって！　ってか、今なら菖蒲さんや桜さん、優さんも帰国してるし。次にドバイメンバーが勢揃いできるのなんて、いつになるかわからないでしょう。だから、やるなら今だ！　って」

とはいえ、発起人だろう響也はノリノリだ。

海外から飛んできたドバイのメンバーなら、一声かければいつでも飛んでくるんじゃ？　などと思ったところで、この勢いを止めるのは難しそうだ。

「絶対に啓くんや事務所にとって、悪いようにはしないから！」

そもそも、響一までこう言っている時点で、すでに「相談」ではなく「決定事項としての報告」だ。

仮に相談があるとするなら「いつなら登録員全員がこれに参加しても大丈夫？」という、無茶な質問

がされるだけだ。

話の先を想像したのか、事務員二人が一斉にパソコンへ向かってスケジュールの確認をし始める。

そんなことをしても、向こう一年は全員が休める日などたったの一日もないことくらい、中津川なら理解しているのに――。

「了解。いいよ、その結婚披露宴とかっていうのをやっても」

すると、ここへ仕事終わりの香山が入ってきた。

それも中津川からすると、聞き捨てならないことを言っている。

「「叔父貴！」」

「晃」

「ただし、会場はホテル華京。当日のスタッフはすべてホテル華京の社員。当然、お前達は親族席。これでいいならな」

しかも、香山の無茶振りは、軽く響一と響也を超えてきた。中津川からすれば、香山の口からホテル華京の名が出たところで、黄色の警戒ランプが真っ赤になったも同じだ。

「え!?　それじゃあ意味がないよ！」

「そうだよ。俺達のサービスでお祝いしたいのに、なんで個人的にも事務所的にも関わったことのないホテルを指定なんだよ」

響一と響也がいっせいに立ち上がる。

事務員達までウンウンと頷く中、中津川は香山からつい先ほど起こったパーティーでの一件を説明されることとなった。

「――え⁉　それじゃあ、叔父貴達の結婚披露宴をそこですることで、サービスレベルの確認をするってこと？」

「SSPSプランの指導ホテルに相応しいかどうか見るために、あえてそこでやるの？」

香山がこれ幸いとばかりに説明をすると、当然のことながら響一と響也は不服そうな顔をした。

中津川など完全に頭を抱えてしまい、事務員達も呆然としている。

だが、これらに対して、香山は「名案だろう」と言って、どっかり座り込んだソファで腕と脚を組んでいる。

「査定しに行くとは言ったが、そもそもホテル華京は取引相手じゃないし、普段の仕事ぶりも知らない。かといって、一度見て評価を出したところで、食い下がられるのも目に見えている。だからといって何度も足を運ぶほど暇じゃない。だったら高砂で俺達が、来賓席でお前達が客の視点で見て査定するほうが、手っ取り早いだろう。仮に粗相を連発されても、誰にも迷惑をかけないで済むし。ようは、以前圏崎の部下が自分の結婚式でオール香山指定とかやらかして、俺達のレベルを見ようとしたのとまったく同じだけどさ」

しかし、これを聞いた響一が肩を落とした。

一緒に親族席へ座ることになるだろう圏崎が、落ち込む姿を想像したのだろう。

「叔父貴。何も今更、亨彦さんの古傷に塩を塗らなくても」

「いや、今にして思えば、相手のレベルを知るなら、名案なんだなって褒めてる。ただし、そうとうきつい目で見る前提がなければ、こんな面倒なことをしようなんて思わないだろうけどさ」

それにしたって、香山は重箱の隅を突く気満々だ。今の香山にサービスランクを判定されるとなったら、響一や響也でも背筋が震えるというものだ。

「その前に、わけのわからないお金の使い方しようとしてるけどね」

「――は？　そんなもん、身内以外にも祭りに参加したいって挙手するだろう面々が、祝儀という名の参加費用でまかなってくれるだろう。もちろん、引き出物くらいは自腹を切るよ。倶楽部貴賓館の件で、ハビブががっぽり依頼料を弾んでくれたし。羽瀬川白磁の飾り皿なんてどうだ？　全部手書きだと間に合わないか？」

こうして話を進めるうちにも、香山の脳内では査定付き結婚披露宴のシミュレートがされているようだ。ノリは響一や響也とまったく変わらない。

今更だが中津川は、二人のノリの良さは母親譲りではなく、叔父の香山譲りなのだと再認識をした。ただし、ここはキャリアの長さも物を言うのだろうが、規模を広げ、周りを巻き込むスケールの大きさが、もはやレベル違いだ。

これには、さすがに響也達もコソコソし始める。

「どうする？　兄貴。叔父貴が〝祭り〟って言ったよ。来賓予定を身内外にさらっと広げて――。啓くんのお父さんは、すでに叔父貴の地雷を踏み抜いて、それがどれほどの大型なのかってことに気付いてるのかな？」

「どうだろう？　もともとお父さんは畑違いだし、現場のことなんて知らずに〝今こそ息子を奪った償いに融通しろよ〟くらいにしか、考えてないんじゃない？　だいたい、ＳＳＰＳプランの大役を欲しがるホテル華京の社長が世間を知らなすぎるんだ。こう言ったら失礼だけど、誰が見たって中堅クラスのホテル華京がトップクラスの大型高級ホテルの社員相手に、何を指導しようっていうのさ。もし、素人相手の講習だって勘違いしてるんだとしたら、最初からＳＳＰＳプランのカタログを読み返すべきだよ」

「だよね――。しかも、実際にこれをやるとなったら、一番気の毒なのって、現場でサービスさせられるスタッフだ。俺達だけでもどうかと思うのに、高砂どころか全テーブルのサービス関係者から仕事ぶりをガン見されるなんて、下手したらトラウマになるって」

二人の同情は、一気に当日現場へ出るスタッフへ向けられた。

これには中津川も同意だったのか、苦笑いを浮かべる。

「――ごめんね。越智から相談をされてたんだから、あの場で俺が父親に電話一本かければよかったんだ。まさか、こんなことになるなんて、思わなかったから」

「でも、今日のは偶然でしょう？　仕事場でバッティングじゃ回避しようがないし、声をかけに行ったのも叔父貴からだし」

「そうだよ。だいたい、その取り巻き連中も無責任なんだって。叔父貴が直々に仕切ったマンデリン貴賓室のパーティーに参加してて、〝宴会サービスなんてどこもそう変わらない〟発言って。サービスの善し悪しなんてわかりませんって、自白したようなものだしさ」

響一や響也は身を乗り出して慰めてくれたが、中津川も聞き耳を立てていた事務員達も、すっかり肩を落としている。

二人の話がド正論過ぎて、まったくフォローにならないからだ。

「――ということで、啓。とりあえず招待客候補のリストを用意してくれ。なんなら嫌がらせに、倶楽部貴賓館の連中を揃えて高みの見物をさせてもいいぞ」

話が出尽くしたところで、やる気に満ちた香山が席を立つ。

「待って叔父貴！　すでに俺達からの話が回って、参加希望者からのメールが届いてるから」

しかし、この指示は響也が止めた。

私服の上着からスマートフォンを取り出し、次々に届くメール画面を差し向ける。

「そうだよ！　そもそも話の発端は俺達だし、いったん状況を整理させて。叔父貴がやりたいことは十分わかったたし、俺達で詳細を纏めて再度説明した上で、それでも参加したい人はどうぞってことにしておくから」

「了解。なら、来賓のほうは響一と響也に任せるよ」

「「ありがとう！」」

これこそ安易に返事をしていいのか？　と、中津川は悩むも、もはや口を出せる状態にない。

そして、中津川がこうなのだから、事務員達もさぞ――と思えば、二人でヒソヒソしている。

「普通に考えて、社長と専務の披露宴なら、来賓は軽く三百名は超えますよね？」

「そりゃ、そうだ。そうでなくても、本人達からの招待じゃなくて、祝いたい人間が挙手だろう？

全部受け入れたら、間違いなく五百名を超す有名芸能人クラスの結婚披露宴になるって」

「けどホテル華京って、もともと保養所だったところですよね？　改装リニューアルをしているとはいえ、そんな人数が入れるような大ホールってありましたっけ？」

話をしながら、改めてパソコンでホテル華京の検索をかける。

「――あ、一番大きい会場の立食で二百名くらいが限界か？　でも、サービスを見るっていったら卓で持ち回りは不可欠だろうから、そうしたらマックスで百五十名くらいか？」

「そんな、厳選⁉　確実に俺達は遠慮しないといけないじゃないか！　ふざけるな‼」

だが、事務員達でさえ、ホームページを見ただけでこの憤慨だ。

いきなりそんな理由で、施設から規模まで縮小されたと知ったら、来賓予定の者達が何を言い出すかわかったものではない。

「――わ、どうしよう兄貴！　アルフレッドに予定変更の相談メールをしたら、そのホテルを買い叩いて更地にすればいいのか？　って聞いてきた」

案の定、メールをやり取りしていた響也が声を上げる。

「え？　買い叩くだけでなく、更地⁉」

「うん。めっちゃ怒ってる！　自分達や他のホテル経営者、ハビブでさえも〝やっぱりここは香山会長の顔を立てて、元の勤め先であり、一番の得意先でもあるホテル・マンデリン東京の大ホールだよな〟って折り合いを付けていたのに、卓で二百人も収容できないホールしかない施設の分際で、喧嘩を売られたとしか思えないって。でも、従業員に罪はないだろうから、自分の所で引き取るって。それなら更地でもいいよなって」

「うわ～。さすがは、アルフレッド。亨彦さんのがまだやんわりだ。乃木坂で立地もいいからベルベットグループで従業員ごと買収しようかって。さすがに更地は言ってこない」

会話を聞いていた中津川は、ただただ頭を抱えた。

香山はコーヒーを淹れながら不敵な笑みを浮かべている。

何をするにしてもホテル華京は、窮地に立たされるしかないようだった。

8

香山が自ら「結婚披露宴をやる」「祭りだ」と口にしただけあり、その後はトントン拍子で準備が進んだ。

普通の新郎新婦なら当日の打ち合わせから招待客のリストまで含めて、数ヶ月から年単位で準備をするだろうに、この結婚披露宴に関しては、当事者達から招待客までがプロ過ぎた。

何せ、招待客の中には白銀台に「ウエディングビル」と呼ばれるビル一棟を共同出資で持っているような高級ブランドのオーナー達までもが名乗りを上げて参戦だ。

この時点で、響一と響也の希望や発案をプロのコーディネーターが綺麗に纏め、当日の衣装から生花、ウエディングケーキ、美容、写真、引き出物と、ありとあらゆるものが短期間に、しかも完璧に揃えられた。

それこそ依頼しても予約で三年待ちと呼ばれる宝飾店の結婚指輪までもが——だ。

このあたりは、一番肝心な予算さえも度外視という宴だけのことはある。

何より、ここはより深く関わることに意義があるお祭り騒ぎなので、どのオーナーも自身の技術や作品を惜しみなく贈呈したのだ。

ただ、さすがにメニューにもない最高ランクのコース料理をオーダーされた調理場は悲鳴を上げたが、そこは食材集めから仕込みに関してまで即時に協力者が多発。篁を筆頭に、他社の調理スタッフまでが仕込みから当日の出張協力まで申し出た。

結果、準備期間わずか十日という盛大な結婚披露宴が、今まさに開催されようとしていたのだ。とはいえ、結婚披露宴会場となったのは、最初の予定通り銀座にある老舗の高級ホテル・マンデリン東京の大ホールだった。

なぜなら——。

「なあ、啓。俺が言うのもなんだが、これってホテル華京からお断りされたところで、ご破算になるんじゃないのかよ」

「そんなわけないだろう。むしろ、最初の予定通りか、それ以上のものができるんだから、響一達は大はしゃぎだよ。しかも、晃のGOサインにお祭り宣言まであるんだ。良くも悪くも、やれるだけやるぞみたいなことになっていると思うよ」

身支度を終えた控え室。香山がぼやいたように、結婚披露宴はホテル華京のほうから断られてしまった。

翌日には電話でアポイントメントを取り、香山が自らが出向いたというのに——だ。

〝申しわけございません。せっかくのお話ですが、当社では、香山様がご希望される内容では、対応ができません〟

その日、香山は到着するなりブライダルサロンではなく、応接セットのある社長室へ通された。

そこで土下座せんばかりの勢いで頭を下げてきたのは、ホテル華京の宴会部を預かる黒服姿の五十代部長と四十代の課長。

側には六十代の社長と中津川の父親、そして現在はホテル華京の大口株主の一人として名を残している保養所時代のオーナー、七十代の京物産の会長が顔を揃えている。全員男性だ。

香山自身は中津川の父親と会長以外は初対面だった。会長のほうは気にしていないようだが、派遣先のパーティーで何度か見かけた記憶があった。が、その程度だ。

とにかく詳しく話を——となり、香山は三人掛けのソファで向き合う上座に一人で、向かいには社長、会長、相談役の中津川の父親が座ることになった。

香山が隣を勧めたが、部長と課長は「滅相もない」と言って、側に立っている。

〝何を言っているんだね、部長。ここで彼を唸らせるようなサービスを披露すれば、SSPSプランの指導役はうちが取れるんだろう？〟

〝そうだ。こちらから断るなんて。せっかく中津川氏が交渉してくれたというのに——、それも大ホール使用の披露宴だぞ〟

会長と社長は宴会部長を責め立てた。

中津川の父親と香山は黙って様子を窺う。

すると、部長が頭を上げた。毅然とした眼差しで話し始める。

〝相談役に、尽力をいただいたことには感謝をいたします。しかし、香山社長から希望された内容で結婚披露宴をやるなら、当日のサービススタッフの半数以上を、香山配膳から派遣していただかなければできません〟
〝なんだと⁉〟
〝高砂から来賓客のすべてが業界関係者です。世界の名だたる一流ホテルの社長から筆頭株主、宴会部の役付き。何より香山配膳社長のご一族――。もちろん、純粋に当社を気に入ってのご依頼でしたら、全力を尽くします。しかしながら、当社のサービスレベルを見極めるＳＳＰＳプランに相応しいかどうかの査定だとわかっていて、安易には引き受けられません。弊社の力不足もありますが、香山社長には、そのようなことに大切な祝宴を利用してほしくないのです〟

さすがに現場を預かる責任者だ。ここでは派遣会社からのスタッフは入れていないはずだが、業界内のことに関してはアンテナを張っていた。

もしくは、前職が他のホテルか施設だったのかもしれないが、いずれにしても電話した依頼内容から即決しただろう彼の選択を、香山は正しいと思った。

自社の社員だけではサービスに不安がある以上、無理はしない。断るというのも、相手に対する誠実さの表れであり、一生に一度の宴に対する責任感の示し方だ。

特に香山に対しても、彼は「査定と祝宴を一緒にするのはいかがなものか？」と説いてきた。

彼にとっては香山自身も大切なお客様であり、一生に一度の記念の祝宴を守りたい一人なのだ。

決してサービスチェックをしにくるだけの査定員だとは考えていない彼には好印象しかなく、ＳＳＰＳプランの講師の一人として推薦してもいいんじゃないかと思えたくらいだった。

そして彼の下で勤める課長も同じ信念の持ち主なのだろう、賛同を示すように頷いている。

しかし、上役達は、そうもいかない。

〝そんな弱気なことだから、客が離れていくんじゃないのか⁉〟

〝それとこれとは別の話です。社長の言わんとすることはわかります。ですが、ここで香山社長の結婚披露宴を引き受けるというのは、世界中から集う国賓の歓迎パーティーを開催するのと同じです。うちの部署に、そのようなパーティースタッフの経験者はいませんし、語学にしても英語が堪能と言える者は、一名いるだけです〟

それでも部長は、淡々とホテル華京が置かれた現実だけを述べていた。

香山自身、ここの基本的な心技のほどはわからないが、少なくとも部長の中では力不足だと割り切れている。まるで香山が、今のままでは語学に長けた中津川のサービスに、いずれ太刀打ちができなくなると判断したときのような潔さだ。

〝そして中津川相談役。今の私の話を聞いても、弊社で強行するべきだと思われますか？　たとえば、相談役が前職の時代に、主催者となって国賓クラスのパーティーを主宰するとします。都内だけでも名だたるホテルがあり、また国賓にも対応できるサービスマンがいるとわかっている施設がある中で、このホテルを選びますか？〟

そうして部長は、話を中津川の父親へ振った。

〝それなら、当日だけ経験者を呼べばいいだろう。言葉は通訳を手配すれば済む話だ〟

〝ですから、こうしたときに頼る先が香山配膳なんです。都内に配膳事務所はいくつもありますが、この条件で派遣依頼ができるところは他にありません。それに、他から人員を補充するということは、その時点で弊社ではＳＳＰＳプランの指導はできませんと言っているのと同じです〟

〝――!!〟

何も言えなくなった中津川の父親に、部長が更に畳みかける。

〝自分を含めて部下を悪く言うつもりはないですが、それでもレベルと言われたら、嘘はつけません。うちには母国語を含めて三カ国語以上を普通に話し、どこの国のトップやセレブが来ても、自然な笑顔で接客ができる。ましてや、粗相もなく完璧なサービスができると言い切れる者は、私を含めて一人もいません〟

恥を承知ではっきりと言い切られてしまい、さすがに中津川の父親も返す言葉を失った。

部長が改めて体を折るようにして頭を下げる。

〝申しわけございません。相談役がホテル華京のために努力してくださったからこその、香山さんからのお話だということは十分理解しています。私どもが、ふがいないのです。今後、二度とこのような理由でお断りすることがないように、部をあげて最善の努力をして参ります。ですが、今回だけはお許しください。無理を承知で引き受けて、お客様に満足いただけなかったら、SSPSプランがどうこうの話では済みません。信頼を失うだけです〟

そう言って頭を上げた部長の目には、ホテル華京を死守しなければという思いが漲っていた。

ここで選択を誤ることはできない。わかりきったデメリットを前に、目を瞑《つむ》るわけにはいかないのだと――。

〝……っ〟

彼の熱意や現場を見続けてきた上での意見に圧されたのか、社長や会長も言葉を詰まらせた。

中津川の父親も自身の手元に視線を落として、唇を結ぶ。

この様子を見ていた香山は、改めて姿勢を正した。

〝すみません。私がこんなことを言うのも、どうかとは思いますが。そもそもＳＳＰＳプランは、海外からの旅行客、特にセレブ層に今より日本へ来てもらおう、外貨を落としてもらおうというのが根っこにある企画です。ただ、私自身は本当にサービスや環境を整えるのなら、そうしたセレブ層相手ではなく。一般の旅行客が安心して、そして喜んで何度も来たいと思うような施設作りであり、また国の治安作りだと思うのです〟

香山の考えは、最初に越智からこの企画話が持ち込まれたときから、一貫して変わっていなかった。このあたりは響一や響也も同じことを口にしていたが、どうにも国の方針や目指すものが、富裕層にばかり向いている気がしてならない。

もちろん海外旅行者を対象にしているのだから、ある程度の所得者を対象にした企画なのはわかる。しかし、それにしてもどうなのだろうか――と、疑問を感じていたからだ。

〝そして、そういう視点で見るならホテル華京さんは立地にしても、一泊の価格帯にしても、利用がしやすいホテルだと思います。今よりもっと日常的な集客を目的に、ＳＳＰＳプランの指導ホテルという肩書きに目を向けたのなら、それよりもっと確実に成果の見込めるほうへ意識を向けるべきではないでしょうか？〟

香山は、自身の考えを全面に出した上で問いかけた。

すると、ここまで気難しい顔をしていた社長が、表情こそそのままだが身を乗り出してくる。

〝――確実に成果を？〟

〝思い出してください。確かに好景気の後押しはあったかもしれませんが、ここは会長さんが社員とその家族の為に作られた保養所です。だからこそその規模であり、作りであり、価格帯です。確かに経営者が代わり、リフォームをされてシティホテルに生まれ変わっていますが、それでも価格帯から見た客層は、自社の社員さん達が無理をすることなく利用ができる。そういう価値観で設定されています。そこを全面に押し出した上で、今よりもう一ランク上のサービスを提供できるように心がけてはいかがでしょうか?〟

〝――〟

今度はハッとしたように会長のほうが身を乗り出す。

バブルの崩壊、そしてリーマンショックと続いて不景気に喘ぎながらも、丸ごと手放すことができずにホテルの株を手元に残した。そのため京物産の社員は、今でも会長の持つ株主優待を利用し、割引適用がされる。一般客より、更に安価で泊まることができる。

社長のほうは、そうした利用者が最低数いることを踏まえた上で、保養所を買収。生まれ変わったホテル華京としての経営をしてきたのだろうが、香山からすれば、その収入を当てにしすぎたことが、サービスの停滞に繋がっていたのではないか? と思えた。

せっかく部長や課長のような社員がいるのだから、もっと現場のサービスそのものに注目し、また他社のサービスをもっと自ら研究していれば、安易にSSPSプランの指導ホテルなどという肩書きは欲しがらなかったはずだ。

ただ、だからといって、香山は「では、この話はなかったことに」とは言えなかった。

やはり部長達のように、現場に立って接客する側の熱意や同業者へのリスペクトを感じれば、何かしらその思いに返したい、できることはしたいとなるのが自身の性格だ。

これればかりは、中津川の父親への気遣いとは別の話だったからだ。

〝部長さんのお話を聞く限り、私はそれができるホテルだと思います。まずは国内の旅行客やビジネスマンを対象に。その上で、海外のお客様にも安心して利用してもらえるホテルへ成長させていくのはどうでしょうか？　言い方は悪いですが、いつ形になるかもわからない国主導のＳＳＰＳプランの恩恵を当てにするくらいなら、利用客の口コミに力を入れるほうが、今の時代にも合ってます。少なくとも、私はそう思います〟

香山は、この場で自分なりの考えを伝えることで、ＳＳＰＳプランからは離脱することになったホテル華京へのアドバイスとした。

普段の香山なら、ここまではっきりと方向性を示唆することはない。

だが、話のノリとは言え、圏崎が響一に「立地もいいからベルベットグループで従業員ごと買収しようか」と言ったのであれば、ここはまだ伸ばせる可能性を持ったホテルということだ。

自分の考えだけで無責任なことは言えないが、経営者としても信用している彼が言うのであれば

――というのが、香山を強気にさせていたのだ。

そしてその結果、香山はＳＳＰＳプランとホテル華京の間を取り持った中津川の父親の顔を立て、また会長や社長に代案を出すことで部長や課長の立場を守った。

おかげで現役やＯＢから圧力をかけられていた越智も、心から安堵することになり、香山としては一件落着だと思った。

そのときは、これで結婚披露宴の話自体もなくなったと、信じて疑っていなかったからだ。

しかし、実際は――。

「やれるだけやるぞ――か。俺としたことが、墓穴を掘ったわけか」

「そういうことだね」

香山は、控え室に設置された化粧台の鏡に映る自分を見ながら、失笑するしか術がなかった。

響一と響也、そして圏崎とアルフレッドがメンズブランドＳＯＣＩＡＬのオーナーと共にプレゼントしてくれたのは、黒のテールコートにズボン、白のシャツに白の蝶ネクタイ、中にはシルバーのベストという最高級の礼服であり婚礼衣装だ。

そしてその隣には、白地のロングタキシードに白のズボン、白のシャツに白のユーロタイ、中には香山と揃いのシルバーのベストという礼服姿の中津川がいる。

響一達から衣装について相談されたときに、「自分は任せるけど、晃は絶対に黒で」とリクエストしたのは、他でもない中津川だ。それもあり、いつにも増して黒服の麗人に仕上がっている香山を見て、こんなことになっているのに上機嫌なのだ。

ただ、こうしてずっと笑顔を見せてはくれるが、彼の中に気がかりがあることは知っていた。

それは、これから出向く会場内には、両家合同で用意されている親族席があるからだ。

「なあ、啓。親父さん。お袋さんと一緒に来てくれるといいな」

中津川と父親の関係は、響一達も知っている。

いくら祝い事であっても、さすがに自分達の判断だけで、来賓リストには入れられない。

そこで中津川に断りを入れた上で、弟・昴に相談を持ちかけた。彼から今回の話を、まずは母親に打診してもらったのだ。

すると、母親のほうは「もちろん夫婦で出席させていただくわ」と言ってくれた。

しかし、これを昴から聞いたときも、中津川は半信半疑というよりは、期待はしないでおこうと決めているように見えたのだ。

「どうだろうね。ＳＳＰＳプランに関しては、晃が面子《めんつ》を保ってくれたけど。本人としては、自身の仕事として納得しているのかどうかわからないし。それに、向こうの社長さん達も、実は晃の相手が相談役の息子だった——とは、知らされていないだろうからね」

中津川の顔に、微苦笑が浮かぶ。

香山は、そんな彼の腕に手を伸ばす。

「それなんだけど、あれから気になって、ちょっと考えたことがあるんだ」

「——ん？」

「啓の親父さん……さ。再就職するなら、どうしてもっと自分の経験をダイレクトに活かせる職場に行かなかったのかな？　同じ天下りなら、コネだけでなく、自分自身が即戦力になれる会社って、いくらでもあると思うんだ。もちろん、もうガツガツ働きたくないからってことかもしれないけど。でも、俺は——。もしかしたら、啓のことを懐かしんで、今からでも知りたいと思って、同じ業界に入ったんじゃないかな——なんて、気がしてさ」

中津川の腕に触れながら、香山は自身の考えを口にした。

そんなに簡単なことじゃない、考えが甘いと言われても、気持ちのどこかで中津川も距離が近くなることを望んでいるような気がしたのだ。

さすがに元の鞘に収まるとまでは思っていないが、多少近づく程度なら——と。

「そう？　だとしたら勉強が足りないよ。せめて部長さんほどの知識や客観的に見る目があれば、Ｓ

ＳＰＳプランは無茶な話だってわかりそうなものだ。昴だっているんだから、相談しようと思えばできる。勤める限り、学びに骨を折れなくなるなら潔く隠居するべきだ。少なくとも、俺が知る父親は、そういう人だったはずだ」

しかし、中津川の口からは、手厳しい言葉が発せられた。

「啓」

「それこそ、まだまだ現役だって言うなら、今からでもサービスというものを学んで、理解してほしい。息子としては、やっぱり〝できる父親〟の背中を一生見たいし、いくつになっても学ぶことを疎かにするような姿は見たくないからね」

だが、これこそが中津川なりの父親への理想であり、愛情の表れなのだろう。

何より、離れてからも変わることのない尊敬の念だけは失いたくない。幼い頃から見続けてきた父親への信頼だけは、自身の中で守り続けていきたいのだろう。

――と、そんな話をしていると、ノックが響いた。

「はい。どうぞ」

香山の返事と共に、勢いよく扉が開く。

「失礼します！　本日はおめでとうございます」

入ってきたのは、中津川の弟・昴だった。中津川よりガッチリとした体育会系の印象を持つ彼だが、それでも兄弟だけありよく似ている。

今日のためにハワイから飛んできた彼は、兄の結婚披露宴だというのに、親族席に着く気はサラサラないようだ。仕事着である黒服に身を包み、響一達とスタッフ側に回る気満々なのが一目でわかる。

「兄貴！　今、親父が母さんに引っぱられて来たぞ。本人的にはホテル華京の会長や社長、部長もサービス見学ってことで招待されているから、仕方がないだろうって言い訳しているらしいけど。でも、母さん曰く、昔兄貴がプレゼントしてくれたネクタイを締めてきてるって。あんな昔のもの、よく虫も食わせずに持ってたわよねって、嬉しそうに笑ってた！」

「――っ‼」

ただ、今の時点でここへ来たのは、スタッフとしてではなく、家族としての顔出しだった。

思いがけない吉報に、中津川は驚き、動揺したのか昴から顔を逸らした。

香山も喜びの前に驚きが隠せない。

「え？　まさか配膳デビューした初給料で贈ったあれか？　誕生日だからって頼まれて、俺が一緒に選んだやつ？　だとしたら、どれだけ物持ちがいいんだよ。親父さん！」

何せ、プレゼントしたのは二十年以上前の話だ。

礼服用とはいえ、中津川の父親ならそうした場に出ることも多く、気に入って使い倒してくれている――と、聞いた覚えもある。

何より、ネクタイにだって寿命があることは、知っているからだ。

「あ、晃さん。この度は親父と再就職先が迷惑をかけて、本当にすみませんでした。丸く収めてくれて、ありがとうございます」

「――は？　昴にまで筒抜けだったのか？」

いきなり御礼まで言われて、間の抜けた声で聞いてしまう。

すると、昴がちょっと頭をかきながら、「実は」と話し始めた。

「親父もホテル華京にSSPSプランの講師は無理だよな——って、俺には言ってたんです。現場を見ていても大学時代の兄貴のほうが、まだ向いてると思うって。けど、社長達は〝伝手でもコネでも使って、肩書きを取ってくれ〟の一点張り。それで兄貴の後輩の越智さんだっけ？　彼に絡めば、必ず兄貴が出てくるだろうし、忖度抜きに〝この程度のレベルじゃ無理です〟って言ってくれるだろうからって、接触する機会を窺っていたみたいで……」

瞬間、中津川がハッとして振り返る。

逆に香山は、そんな中津川へ視線を向けた。すっかり眉間に皺が寄っている。

「もちろん、それだと晃さんや事務所にも迷惑がかかるからって、止めたんですけど。でも、たまたま呼ばれたパーティーで、越智さんと晃さんが同じ会場内にいたものだから、ここだと思って、目の前で仕掛けちゃったらしくて。けど、そうしたら、その場で晃さんのほうから動いてくれたから、よし！　って、なったみたいです」

昴自身は、迷惑をかけた釈明とばかりにつらつら話すが、その内容が先ほどの中津川の指摘通りで、香山は噴き出しそうになるのを必死で堪える。

中津川からすれば、最初に越智からのヘルプコールで父親の立場や状況を知ったことで、すっかり世間で叩かれるような天下り役員に成り下がってしまったと思っていたのだろう。

どんなに距離を取っても、尊敬の念に変わりがなかった分、憤りも大きかったのだ。

「ただ、まさか、晃さんが査定用にわざわざ結婚披露宴をするって言い出すとは思わなかったから、親父も宴会部長から知らされたときには、慌てたみたいで。だって、そんなことになったら必要以上にボロが出るだけだし、今ある世間体まで壊しかねない。だから、そこは部長さん達の判断に任せることにして。揉めるようなら、親父が責任を取ればいいだけだし、この際だから現場からの本音を、直に上へ聞かせようと思って、立ち回っていたみたいで」

昴を通して彼の思惑を知ると、中津川は深い溜め息をついて、額に手をやった。

結局、香山を含めて誰もが父親の掌の上で、そして責任の上で転がされたのだ。

中津川が言っていたように、業界やサービスについて学び、彼なりに理解したからこその策略だが、こうしたやり口自体は子供時代の息子には見せてこなかったのだろう。

香山からすれば、こうでもなければ国交関係だけでなく、国益を背負った外交の場で定年まで勤め上げるなんて無理だろうとは思うが――。

中津川からすれば、やはり衝撃的だったのかもしれない。

（いや、自分の親を美化しすぎだよ。誰の背中を一番よく見て育ったんだよ、啓は！）

それでも、最終的には香山と同じ考えに至ったのか、中津川はフッと口角を上げていた。

「なんていうか――。親父の目から見ても、宴会部自体は上手くまとまっているし、サービス精神だけはあるから、なんとかかいいほうにもっていけないかって思いもあって。できればこれをきっかけに、香山から定期的に派遣を呼べるといい刺激になるんだが――なんてことまで言ってた。いや、だったらまずは兄貴の勘当を解けよ、昔のことを謝れよって話なんだけどさ」

父と兄には、それなりに気を配ってきただろうに、大らかな昴の言いっぷりには大笑いしそうになる。容姿はともかく、昴の性格が母親似だということだけは、香山にも再認識ができた。

――と、新たに「コンコン」と、可愛いノックがされて、控え室の扉が開いた。

「晃ちゃん！　啓くん!!　よーいできたぁ？」

「おめでとうございまーす！」

「叔父貴。啓くん。そろそろ時間だよ」

「会場でみんなが待ってるから、行こう」

返事も待たずに顔を出したのは響平とマリウス、そして響一と響也だった。

今回の結婚披露宴は、響一や響也が企画し、それに来賓希望者がお祝い金という出資をして開かれる形なので、最初から最後まで大ホールで執り行われる。

披露宴の冒頭に人前式が組み込まれ、ケーキ入刀へ進む形だ。

そのため、二人が入場するにあたり、場内の出入り口から高砂には、深紅のバージンロードが真っ直ぐに敷かれていた。

そして、これを二人で歩くにあたってのサポーターが、真っ白な正装に天使の羽を付けたフラワーボーイ役のマリウスとリングボーイ役の響平だった。

香山から見れば、ここぞとばかりにコスプレをさせられているようにしか見えないが、本人達は大役をもらい嬉しそうだ。

目をキラキラとさせて、香山と中津川に抱き付いてくる姿が、とても可愛い。

「――ってことで。一世一代の結婚披露宴をホテル・マンデリンでしてくださって、ありがとうございます。社員の一人としては、こんなに嬉しいことはありません。心より感謝いたします。ね！　遥《はるか》ちゃん」

昴が社員の一人として声を上げると、続けて元二代目TFメンバーにして、晃同様美麗なカップルクラッシャー、現在はホテル・マンデリンを含む巨大複合企業・橘コンツェルンの若き総帥・橘季慈《きいつ》のパートナーにして、ホテル・マンデリンの相談役となっている美祢遥《みね》も姿を現した。

しかも、その背後には優やヒカル、現在マンデリン東京を預かる社長まで揃っている。

「お二人とも、おめでとうございます。本日は、本当にありがとうございます！　ほら、優も挨拶をしろ。いずれはお前がここのトップに立つから、響一や響也が高砂を譲ってくれたんだぞ」

「おめでとうございます。荷が重すぎて……、吐きそうです」

とはいえ、挨拶に付いてきた優は、顔が真っ青だ。

「優さん、しっかり！　胃薬を飲みますか？　吐き気止めのほうがいいですか？」

「おいおい、大丈夫か？　変に緊張しすぎて粗相をするなよ。それこそ、業界内で示しが付かなくなる。倶楽部貴賓館やホテル華京のことを言えなくなるぞ」

ヒカルにフォローをされるも、笑顔で追い込みにくる社長に膝が折れそうになっている。

「社長！　後生ですから、これ以上プレッシャーをかけないであげてください」

すると、これを見た中津川が微笑んだ。

「大丈夫だよ、ヒカル。心配しなくても、優は本番に強い。それに、響一くん達は間違っても、こんなときに緊張で粗相するような人間に、大切な高砂を任せたりしない。ましてや今日は美祢だってサービスに加わるんだ。絶対に優が、そして自社が恥をかくようなことはさせないよ」

「専務」

そんな中津川の肩に手をかけ、香山もニヤリと微笑む。

「そうそう。だいたい、高砂には誰がいると思ってるんだよ。俺達二人だぞ。こんなに安心できる高砂は、一生巡ってこないと思うが？」

「――はい。そうでした」

自信に満ちた、それでいて新郎らしからぬ妖艶な眼差しに、優の背筋が伸びる。

すると、香山は改めて、今日の宴を進行していくだろう彼らに向かって、力強く言い放つ。

「とにかく、こうなったら俺達も腹をくくるから、お前達も最高のサービスを見せてくれよ。何、いつも通り、普段通りの仕事をすれば、それでいい。俺達にとっては、それが香山レベルだ。香山配膳のサービスなんだから」

その姿は、誰もが見惚れる香山晃だ。

一人の男に人生をも変えさせた最高峰のサービスマンだ。

「あ！　そういうのはバックヤードで言って！　みんなけっこう、優さんと似たり寄ったり状態なんだからさ！」

ただし、これにはすぐに響也が反応した。

言うと同時に香山や中津川の手を取ると、本当にバックヤードまで引っぱって行く。

「――え？　社長！」

「専務!!　どうしてここへ」

そうして、宴に携わる現在の香山配膳登録員――確かに顔を引き攣らせていた者達の前で、同じことを言わされた。

そのため、新郎自身がミーティングを仕切り、その勢いのまま視線と笑顔だけで結婚披露宴そのものを仕切るという、前代未聞の運びとなったのだった。

＊＊＊

夕方からスタートし、三時間半にも及んだ結婚披露宴は、すべての関係者が終始笑顔で無事に幕を閉じた。

二人は安堵すると共に、上着だけを脱いだ姿で、ホテル側で用意されていた最上階のＶＩＰルームへ移動する。

「ここは一応、ベタに行こうか」

冗談めいた台詞と同時に、中津川は香山を抱き上げようとした。

「――マジ？　助かる。もう、無理――っ」

「え？　晃」

普段なら恥ずかしがって拒むだろうが、今夜の香山は為されるがままだった。

言うと同時にしなだれかかる香山を抱き上げると、中津川は迷うこともなく、その足で寝室へ向かった。

祝宴の夜らしいシチュエーションだなと思うが、とうの香山はこのまま爆睡してしまっても不思議がない泥酔っぷりだ。

明日になったら、今日のことは半分も覚えていないだろう。

何せ、高砂からの目配せ一つで、サービスマン全員が動くというだけでも、前代未聞の結婚披露宴だった。

だが、今日はそれ以外にも驚き、神経を使うことが多すぎた。

〝我らが香山配膳社長と専務のご入場です！　皆様どうぞ、拍手を以てお迎えくださいませ!!〟

そうでなくても、司会進行をしたのが、二人のすべてを知り尽くしていると言っても過言ではない同期の中尾だ。

ドアマンを自ら進んで引き受けたというマンデリン東京の社長と赤坂プレジデントの社長にも度肝を抜かれたが、その後も出るわ出るわの驚きの連続で、香山や中津川がこうなのだから、さぞ中津川の父親達は驚いたことだろう。異世界へ招かれた気分だったかもしれない。

大体からして、人前式で誓いの言葉として用意されていたのも、選手宣誓のようだった。

二人が互いを思い合い、生涯を共に生きることは当然のこととして、今後も日本のサービスの向上に尽力することまで書かれており、場内に大歓声が起こる。

この時点で二人は「誰だよ、この文を作ったのは！」「絶対に中尾だね」となったのだ。

それでも、さすがに指輪の交換はリングボーイが天使の響平ということもあり、場内も和やかな雰囲気に包まれた。

〝晃ちゃん！　啓くん！　おめでとうございますっ〟

〝ありがとう、響平〟

〝はい。御礼のプレゼント。マリウスの分もあるよ〟

〝——本当！　嬉しい!!　ありがとうございます！〟

天使のマリウスへの御礼もされたことで、いっそう微笑ましさが増す。

本来なら誓いの言葉から続くはずの誓いのキスが飛ばされていたが、このあたりは企画した響一達からの配慮かもしれない。

宣誓でオリンピックレベルの盛り上がりを見せたので、単純に中尾が忘れたことも考えられるが、いずれにしても二人からすればラッキーだ。

今になって——と思うも、かえって指輪の交換に集中できた。

ただ、その後も主賓の祝辞からケーキ入刀、乾杯まではよくある流れだったが、香山の視線はシャンパンサービスから前菜、スープなどの流れを常に追っていた。

その視線は主賓席から親族席まで行き届いており、これを見ていた来賓達は改めて感心していたくらいだ。

だが、見られているほうからしたら、やはり緊張したのだろう。

各テーブルの担当者は、来賓達に応援されるやら、慰められるやら——。

中には、「辛くなったらうちへ来てもいいんだよ」などというヘッドハントをするホテル関係者まで現れるものだから、その度に香山が高砂から席を名指しで「困ります！」と発言。場内がドッと盛り上がり、また来賓達の間では香山と中津川がこれまでに起こしてきただろう武勇伝が、次々と語られることになった。

それこそ、これは聞き逃すまい！　と、中尾がマイク持参でテーブルを回るだけで、面白おかしい話がバンバン飛び出し、場内が笑いに包まれるのだ。

中には、涙ながらに自社のサービス向上を手伝ってもらったや、香山達のサービスに影響されて、星がワンランク上がったなどの感謝を語る者もおり。その場にいる誰もが共感できることから、来賓とサービススタッフを合わせて八百人近い人間達がいる場で、ただの一人もつまらなそうにする者がいなかった。

そうしたところでも、今後伝説に残るだろう結婚披露宴だ。

ただ、長々とした祝辞や余興、お色直しなどがないにもかかわらず、通常より一時間もオーバーしたのは、キャンドルサービスならぬシャンパンサービスが用意されていたからで——。

〝それでは、これより二人が各テーブルを回らせていただきます。どうか皆様、二度とあるかわからない香山配膳二代目トップとナンバーツーによる至高のサービスをご堪能くださ～い〟

これには香山と中津川も絶句した。

場内には十人掛けの円卓が七十数卓、世界中から駆け付けたセレブを含めて、七百名を超える来賓がいるのだ。

いくら記念だ、祝宴の御礼だと言っても、挨拶がてら回るとなったら、手分けをしても三、四十分はかかる。二人一緒に回るとなったら倍の時間だ。

そこへ、当然のことだが声をかけられ返事をし、中には「祝杯だから」と逆にシャンパングラスを差し出してくる者もいる。これらすべてをそつなく対応、当然粗相のひとつもせずに、二人が高砂へ戻ったときには、軽く一時間を超えていた。

そして、このとき断ることをせずに「では、一口だけ」と言ってもらったシャンパンが、終了後の香山をぐでんぐでんにしてしまったのだ。

とはいえ、新郎・新郎の退場から来賓の見送り、その後のサービススタッフ達への御礼から駄目出しまでの間、香山は頬を赤らめることはあっても、酔っている素振りはまったく見せなかった。

中津川と二人きりになるまで、香山は香山配膳社長にしてサービスマンである自分を貫いたのだ。

この姿は、どこの誰より中津川を感動させた。

生まれて初めてサービスの現場へ連れて行かれて、香山のサービス姿を目にしたとき以上だった。

「本当に、君って人は。どこまで素晴らしいんだろう。昔も、今も――」

中津川は、いっそう尊敬の念を深めたと同時に惚れ直したことを自覚した。香山をベッドへ横たえたあとには、その手を握り締めてベッド脇へ跪《ひざまず》く。

「愛してるよ、晃。健やかなるときも病めるときも　喜びのときも悲しみのときも、富めるときも貧しいときも。中津川啓は香山晃を愛し、敬い、命ある限り、そして生まれ変わった来世でも尽くし続けることを誓います」

会場では、その場の空気も手伝い、二人してサービス向上への誓いに力が入ってしまった。

だが、だからこそ中津川は、ここで改めて誓いたくなったのかもしれない。

そして、それは香山も同じだったのだろう。

「――俺も、誓います」

ふと、瞼を開いてそう言うと、中津川のほうを向いて微笑んだ。

「香山晃は中津川啓を愛し、敬い、命ある限り、そして生まれ変わった来世でも、来来世でも、こうして尽くされるに値する者であることを……ね」

そしてキスを強請るように唇を尖らせるも、中津川が触れてきた後は、再び瞼を閉じて、朝まで目を覚ますことはなかった。

一生に一度の祝宴の夜は、愛する中津川の腕の中で眠り、そして明日からの英気を養うのだった。

おまけ　翌朝の二人

気を失うように眠りについた香山は、それでも翌朝六時前には目を覚ました。

瞼を開くと同時に、視界に入ってきたのは、真っ白な四柱と薄絹――これに見合う造りの寝室だ。

習慣とは恐ろしいもので、飲んで寝たときほど翌日の仕事に差し支えてはいけない、寝坊も遅刻も厳禁だ――と、心身に刷り込まれているのだろう。

このあたりは、勤め人でもないのに社畜上等な前世紀人だ。

しかも二日酔いさえしていない。

だが、こうでなければ仕事帰りに仲間と飲んで終電帰り、翌日は早朝出勤で六時には現場にいるなどというのを、さも当然のようにはこなせない。

香山が業界で「神」と崇められているのは、何も仕事にかかわる心技だけではない。この超人的な回復力への称賛も含まれているのだ。

（――えっと、ここはマンデリン東京のＶＩＰルーム？　啓は？）

それでも多少は記憶が飛んでいたため、キングサイズのベッドから身体を起こすと、改めて辺りを見回した。披露宴のシャンパンサービスが終わったところで、自分がそうとう酔っている自覚はあったが、それでも迎賓までは醜態をさらしてはいないはず――。

しかし、その後はよく覚えていないのが正直なところだ。

「起きたの？　こんな日まで、アラームなしで目覚めるなんて、さすがだね」

すると、リビングのほうから中津川が姿を現した。

すでに普段着に着替えて、手にした銀のトレーにはホットレモノネードとブラックコーヒー、そして陶器製の小箱が載っている。

「――それはお互い様だろう。むしろ、啓のほうが式後も俺の世話で大変だっただろうに」

香山は、いつもより飲んだ翌朝はこれと決まっているレモネードを差し出されて、受け取った。

「そうでもないよ。どうせなら羽目を外してくれるほうが、思い出が増えたのに――って。響一達が残念がっていたくらい、スタッフへの駄目出しまで含めて〝いつも通りの香山晃〟だったからね」

中津川はベッドへ腰を下ろしながら、トレーをいったんサイドテーブルへ置く。

そして、コーヒーカップに手を伸ばすのかと思いきや、小箱の蓋を開いた。

「駄目出しまで含めてってところが、ちょっと怖いな。優が凹んでないといいけど」

「そこはヒカルや美祢がフォローしてると思うよ。あ、そうだ。これ――」

「ん？」

中津川が小箱から取り出し、香山に見せたのはゴールドのベネチアンチェーンネックレスだった。

「指輪用に用意したんだ。仕事柄、晃がずっと塡めておくのは難しいだろう。人手が足りなければ率先して水仕事もするし。かといって、せっかく響一達が手配してくれたものを、自宅の引き出しにしまいっぱなしにするのも――ね」

説明しながら「手を」と合図をされて、香山は指輪が塡まる左手を差し出した。

引っかかりのないシンプルなゴールドリングには、一粒ダイアが埋め込まれ、太陽のモチーフが彫られている。

対となる中津川の指輪は、ダイアに月がモチーフのプラチナリングだ。

「なるほどね。衣装にしても指輪にしても、啓にはちゃんと報・連・相してたんだな。響一達」

「――そこは、まあ。許して。どちらかと言ったら、俺が上手く聞き出したってことだから」

中津川は、香山から指輪を抜くと、手にしたチェーンを通して首へかけてきた。

香山は持っていたレモネードのカップを下げて、ネックレスを付けてもらう。

「そういうことにしておくよ。ありがとう」

アクセサリーを付ける習慣のなかった香山からすると、これだけでも少し重い気がした。

同時に、昨日までとはまた違う今日からの関係を意識する。

しかし、それは中津川も同じだろう。彼の指にリングを見るのは、今回が初めてだ。

「どういたしまして」

「今日から、また改めてよろしく」

そう言って微笑む中津川の両手が、カップを持つ香山の手に添えられる。

「こちらこそ」

香山もクスリと笑って応えた。

そしてゆっくり近づいてくる彼の唇に、自分からもそれを向けていったのだった。

こんにちは、日向《ひゅうが》です。このたびは「祝宴の夜に抱かれて」をお手にとっていただきまして、誠にありがとうございます。

本書は一冊読み切りで主役カップルが変わっていく香山配膳事務所登録員とサービス理念を軸にした「～の夜に抱かれて」が付くシリーズの記念すべき十冊目です。

まさかここまで続くなんて！　というのは、間違いなく作者本人が思っていることです。

これも仕事ばっかりしている彼らにキラキラな世界観を与えてくださった明神《みょうじん》翼《つばさ》先生、出し続けてくださったクロスノベルスさん、何より「香山は働け！」というBLとしては謎なエール（笑）と共に読み続けてくださった読者様のおかげです。本当に感謝しかありません!!

ただ、実のところ三冊目ぐらいから想定外のシリーズ化だったことから、香山カレンダー的には発刊順ではありません。ビロード、晩餐会、満月、豪華客船、美食、誓約、ベルベット、舞踏会、祝宴――で、三冊目の披露宴となります。当時は、もう一度香山配膳を書ける日が来るとは思っていなかったので、響一《きょういち》や響也《きょうや》が日本にはいない時期を設定したので、こんな

あとがき

ことになっております。それで今回出てきている小鳥遊《たかなし》には、まだ連れがいないのです。

　ちなみに四冊目の満月から響一や響也がいる時期に戻っているのは、やっぱり軸の二人がいるほうが読者様が喜んでくださるので——という理由からでした。また、香山三男の響平《きょうへい》くんが幼稚園へ通うようになって、大家族シリーズのきららちゃんと園で出会うのもこの四冊目くらいの時期です。——って、解説になっていないややこしさですね。

　このあたりの詳しい年表は、後日、日向のオフィシャルサイトにアップしておきますので、ご興味のある方は見てみてください。ただ、中津川《なかつがわ》が東都大学の出で、一個上がDｒ．シリーズの黒河《くろかわ》・白石《しらいし》世代ってところで、もはや泥沼設定ではありますが（汗）。それでも響一や響也が東都進学を決めたときに中津川が止めなかったのは、すでに二人にパートナーがいたからでしょうね。彼ら以上に悪い虫（？）は、つきようもないので（笑）。

　それにしても、こんなに仕事だらけのお話で十巻達成は感無量です!!

　年々書籍そのものを出し続けることが難しくなり、コロナでトドメを刺されたような状況でしたが、とにかくひとつの節目のような巻数にたどり着け、またここでデビュー前から頑丈な脇役カップルとして香山配膳設定を支えてくれた香山と中津川を書くことが出来て、本当に嬉しいです。

ただひとつの後悔は、明神先生に橘《たちばな》季《き》慈《いつ》（満月参照）のキャララフを起こしてもらいながら、また「今の二人を香山版で書いてもいいよ」と言ってもらえた時期があったにも関わらず、納得する話が作れなくて書けなかった——ということでしょうか。

でも、自分が筆を持ち続ける限り、頭が回る限りは、まだ可能性があると思うので、ここまで来た香山配膳——私の中では最古にして最長のお仕事設定——を大切にし続けていきたいと思います。

それでは、ここまでお付き合いいただきまして、本当にありがとうございます。

また、お会いできることを祈りつつ——。


日向唯稀（https://rareplan.officialblog.jp/）

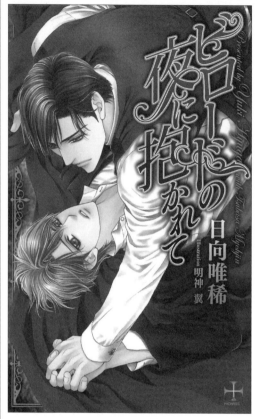

CROSS NOVELS既刊好評発売中

狂おしいほど、愛してる

晩餐会の夜に抱かれて

日向唯稀

Illust 明神 翼

「君を私だけのものにしてしまいたい」

学生ながらプロの配膳人である響也は、極上な男・アルフレッドからの求愛に戸惑っていた。彼は、米国のホテル王・圏崎の秘書。出会った頃から幾度となくされる告白に心惹かれながらも、年上で地位も名誉もあるアルフレッドを好きになってはいけないと本能で感じていた。

仕事に自信はあるけれど、恋なんて初めての響也は弱気になり、押し倒してきたアルフレッドを拒絶してしまう。気持ちの整理がつかないまま連絡が途絶えたある日、アルフレッドに結婚話が出ていると聞き――!?

CROSS NOVELS既刊好評発売中

寝ぼけたふりをして誘うなんて、
いけない新妻だ。

披露宴の夜に抱かれて

日向唯稀

Illust 明神 翼

「そんなものより、私を抱いて」

香山配膳のトップサービスマン・小鳥遊は、披露宴直前、新婦に逃げられた新郎・有栖川から『私の花嫁になれ』と命令される。その傲慢な態度に憤った小鳥遊は、もちろん丁重にお断り。

だが、彼の祖母が倒れた流れで何故か新妻として新婚生活を送ることになってしまう。契約花嫁となった小鳥遊に待ち受けていたのは財産を狙ういじわるな伯母達の嫁イビリに、様々なトラブル。

何より有栖川と寝起きを共にするダブルベッド（!!）と難問は山積みで——!?

CROSS NOVELS既刊好評発売中

パパもデートに誘いなよ♡
みんなが狙っているんだから

豪華客船の夜に抱かれて

日向唯稀

Illust 明神 翼

香山配膳事務所の社長に失恋した桜は、豪華客船の長期クルージング派遣に逃げ出す。

だが、とぼけた上司とリゾートバイト気分の部下にストレスがマックス。

唯一の癒しはVIP乗船客・天使なお子様のマリウスだが、鋼鉄のイメージの父親・八神にはいつも恐縮してしまう。

そんな時、セレブ三人組の暇つぶしラブゲームの標的にされ、そこへ八神までが参戦!?　恋愛禁止のクルーなのに、四人のイイ男に口説かれまくって!?

『夜に抱かれて』シリーズ・クルージング編

CROSS NOVELSをお買い上げいただき
ありがとうございます。
この本を読んだご意見・ご感想をお寄せください。
〒110-8625
東京都台東区東上野2-8-7　笠倉出版社
CROSS NOVELS 編集部
「日向唯稀先生」係／「明神 翼先生」係

CROSS NOVELS

祝宴の夜に抱かれて

著者
日向唯稀

2023年6月23日　初版発行　検印廃止

発行者　笠倉伸夫
発行所　株式会社　笠倉出版社
〒110-8625　東京都台東区東上野2-8-7　笠倉ビル
[営業]TEL　0120-984-164
FAX　03-4355-1109
[編集]TEL　03-4355-1103
FAX　03-5846-3493
http://www.kasakura.co.jp/
振替口座　00130-9-75686
印刷　株式会社　光邦
装丁　磯部亜希
ISBN　978-4-7730-6374-5
Printed in Japan